Le fugueur

Luc Proulx

Les éditions
Héritage inc.

Données de catalogage avant publication (Canada)

Proulx, Luc, 1955-
Le fugueur

(Collection Échos.)
ISBN 2-7625-8418-3

I. Titre. II. Collection: Collection Échos.
PS8581.R59F83 1996   jC843'.54   C96-940217-1
PS9581.R59F83 1996   PZ23.P76F83 1996

Conception graphique de la couverture: Flexidée
Illustration de la couverture: Josée Masse
Mise en page: Jean-Marc Gélineau

Dépôts légaux: 3e trimestre 1996
Bibliothèque nationale du Québec
Bibliothèque nationale du Canada

ISBN: 2-7625-8418-3
Imprimé au Canada

LES ÉDITIONS HÉRITAGE INC.
300, rue Arran, Saint-Lambert (Québec) J4R 1K5
(514) 875-0327

Les éditions Héritage inc. bénéficient du soutien financier du Conseil des Arts du Canada pour leur programme de production.

À la mémoire de mon ami
disparu, Edmond Leblanc.
Salut Edmond!

1

La fugue

Jean-Samuel monta les quatre marches de la galerie en courant tellement il était gelé par le froid intense de janvier. Grelottant, la tête enfouie dans le capuchon et les mains enfoncées dans les poches, il se hâtait de rentrer chez lui pour enfin se réchauffer. Mais il tenait à peine la poignée et n'avait pas encore ouvert la porte que déjà sa mère se trouvait de l'autre côté, avec son air à la fois triste et apeuré. Cet air, Jean-Sam le connaissait trop bien : elle l'affichait chaque fois que son père buvait à se soûler. Lorsque l'adolescent passa la porte dans un nuage de frimas, sa mère lui dit à voix basse :

— Ne fais pas de bruit et monte dans ta chambre avant que ton père ne te voie, sinon...

Malgré les supplications de sa mère, et plus dégoûté que jamais de l'ivrognerie de son père, Jean-Sam fit le plus de bruit possible dans le couloir au bout duquel l'homme avait sombré, noyé dans la bière et l'alcool à bon marché. L'ivrogne gisait sur le divan du salon, il était

9

avachi, comme battu par l'alcool. En entrant dans sa chambre, Jean-Sam lança son sac à dos et ses bottes glacées contre le mur, pour que s'entende toute sa frustration de devoir encore endurer une autre beuverie de son alcoolique de père. La mère alla rejoindre son fils pour le calmer et le réconforter. Peine perdue, l'adolescent était en furie. Chaque fois que son père se mettait à boire, c'était pareil ; le même scénario recommençait, comme dans un mauvais film. D'abord il disait :

— Une petite bière en finissant de travailler... c'est bien mérité !

Puis, après avoir enfilé cette bière en moins de temps qu'il n'en faut pour le dire, il tentait de justifier son ivrognerie par une plaisanterie douteuse qui ne faisait rire personne.

— Tiens, pour qu'elle ne se sente pas trop seule celle-là ! Une petite amie ! disait-il encore d'une voix forte dont il était maintenant seul à écouter l'écho se répercuter sur les murs, puisque sa femme et son fils l'évitaient discrètement en changeant de pièce dès qu'il arrivait.

Et, encore une autre fois, l'alcool glissait dans son gosier avec une vitesse toujours surprenante. Après quelques bières, qu'il avalait comme dans un concours de vitesse, son agressivité montait et c'est alors seulement qu'il se souvenait d'avoir un fils.

— Où il est Jean-Sam ? Fils sans cœur et sans talent ! Où il est que je lui parle un peu dans le « casse » à mon paresseux de fils.

La plupart du temps, Jean-Sam avait déjà filé dehors dès la deuxième bière, afin de s'éviter des frictions avec son père. Il allait alors traîner dans le parc ou à l'aréna, ou encore à l'arcade quand il avait un peu de monnaie, quoiqu'il avait rarement de l'argent puisque son père buvait tout, même l'argent du loyer et la paye de sa mère. Jean-Sam n'avait jamais de vêtements à la mode, ceux que les autres, eux, pouvaient s'offrir. Il n'avait pas de *walkman* non plus, pas plus que de jeux vidéo. Presque tout l'argent de la famille finissait à la Société des alcools ou au dépanneur du coin.

Ses amis, ce soir-là, étaient au cinéma, mais lui n'avait pas d'argent pour les rejoindre. Il avait passé des heures à geler dans le parc, à moins vingt-quatre degrés en plein mois de janvier, en attendant que son père s'endorme et qu'il puisse enfin rentrer à la chaleur. Il aurait tout donné pour que sa chambre soit ailleurs... mais il n'avait rien. Il n'était que vingt-deux heures et il savait que son père ne devait pas encore être au bout de sa beuverie : cet instant où il s'endormait dans le salon ; ce moment de trêve durant lequel Jean-Sam et sa mère pouvaient enfin respirer sans craindre qu'il ne les menace de les battre sans aucune raison.

Mais cette fois, Jean-Sam n'en pouvait plus. Il était tiraillé entre la peur d'affronter son père et l'insoutenable froid hivernal qui traversait son vieux manteau pour lui torturer la peau. Il en avait ras le bol de cette misère qu'il endurait à cause de l'alcoolisme d'un homme qu'il haïssait de plus en plus chaque fois qu'il le voyait ivre. Il décida donc que c'en était assez de geler et il rentra, même s'il savait que son père ne dormait peut-être pas encore.

— Jean-Sam! JEAN-SAM! cria la voix du père tiré de sa somnolence, une voix qui, comme toujours quand il était soûl, contenait beaucoup d'agressivité et une pointe de haine.

Dès la première bière, sa voix changeait, elle devenait forte et agressive. À la deuxième bière, cette agressivité passait de sa voix à ses yeux. À la troisième bière, ses gestes devenaient brusques et menaçants. La mère, apeurée, prit le bras de son fils comme pour lui signifier de ne plus faire de bruit. Ils écoutèrent tous deux le vacarme des pas titubants du père qui s'approchait de la chambre. L'homme se cognait aux murs et soufflait comme une bête, cherchant dans son délire l'endroit d'où venaient les bruits qui l'avaient tiré de son état comateux. La mère restait figée comme un oiseau qui attend l'attaque du serpent, sans pouvoir se défendre, sans même être capable de bouger, paralysée corps et âme par la peur de ce qui risquait de se produire.

Soudain, le père apparut dans l'embrasure de la porte, titubant et bavant l'alcool bu en trop. Son regard était dément. Ses yeux semblaient deux trous noirs donnant sur l'enfer, comme ceux d'un homme possédé du démon.

— Jean-Pierre... Jean-Pierre... Jean-Pierre, non !

La femme répétait, comme une prière, le nom de son mari, pour exorciser l'homme qu'elle avait épousé seize ans plus tôt. Elle ne reconnaissait plus celui qui maintenant se tenait devant elle, bloquant l'entrée de la petite chambre de Jean-Sam de ses deux avant-bras appuyés au chambranle de l'unique porte. Mais il n'entendait plus rien. Il regardait Jean-Sam avec un regard malin. La haine se voyait dans chacun de ses traits et se sentait dans son haleine qui empestait l'alcool.

— Petit bandit ! Je travaille toute la semaine pour te nourrir et te donner un peu d'éducation (l'alcoolique parlait lentement en éprouvant de la difficulté à respirer), mais aussitôt que j'ai le dos tourné, tu t'en vas traîner dans la rue !

Il s'avança vers Jean-Sam avec le pas lent et sournois du loup qui s'approche de sa proie. Il releva ses manches, découvrant des bras poilus et musclés. Sur son bras droit était tatouée une tête de mort ; un serpent sortait d'une de ses orbites. Jean-Sam recula prudemment. Mais cette fois l'angoisse qu'il avait toujours ressentie lors de ces atroces confrontations avec son père commença à se changer en haine ; une haine que la peur gonflait au point d'en faire du courage. Étrangement, tous trois gardaient maintenant le silence. La peur était tellement intense dans cette petite chambre, qu'on aurait cru pouvoir la toucher, sinon être touché par elle. Sans quitter son père des yeux un seul instant, Jean-Sam prit un bâton de baseball qui était appuyé contre le mur et, au moment où l'homme s'approcha tout près de lui, il le souleva dans un élan pour le frapper.

Surpris par cette riposte inattendue, l'ivrogne recula maladroitement, trébucha sur le sac d'école de Jean-Sam, tomba le dos contre le mur, pour finalement se retrouver allongé sur le plancher de la chambre, complètement étourdi. Encouragé par cette retraite et la chute de son père, Jean-Sam s'élança vers l'ivrogne abasourdi et souleva le bâton pour lui régler son compte une fois pour toutes.

— NON ! cria la mère en attrapant au vol le bras de l'adolescent.

Jamais Jean-Sam n'avait entendu la voix de sa mère se faire aussi impérative. La femme immobilisa son fils en l'empoignant par le collet avec une force farouche. La peur et la volonté confondues donnaient à son visage un aspect jusqu'alors inconnu de Jean-Sam. Sa rage ne fit plus de poids devant la détermination de ce regard, et Jean-Sam obtempéra.

Il regarda la pauvre face de son père, tordue par l'alcool et la peur. Il bavait sur lui-même, un bras relevé dans un geste qui ressemblait beaucoup plus à celui de l'esclave qui demande pardon qu'à celui du bourreau qu'il avait toujours été. Dans le cœur de Jean-Sam, la bataille se faisait maintenant entre la haine et la pitié. Enragé, écœuré, mais surtout découragé, Jean-Sam regarda sa mère, qui dans cette situation semblait être la plus forte, la mieux équilibrée, et il se rendit à son ordre. Il laissa tomber le bâton en crachant sa rage mais, du même élan furieux, il prit toutes ses affaires en arrachant les tiroirs des commodes, tandis que son père, toujours hébété, gisait par terre: l'alcool et le choc le laissaient dans un état de confusion extrême. Jean-Sam mit rapidement quelques vêtements et ses objets personnels dans son sac à dos, mit son manteau, enfila avec des gestes brusques ses bottes encore froides, jeta un dernier regard à sa mère et prit la porte en emportant toute sa rage.

Une fois dehors, Jean-Sam n'eut même pas

un regard pour sa mère qui le suppliait de revenir. Il marcha rapidement jusqu'au coin de la rue, et c'est en tournant ce coin, et en perdant le son de la voix de sa mère, que son cœur sembla s'arrêter. C'est alors qu'il réalisa son immense solitude. Il ralentit le pas et son petit bagage devint très lourd, aussi lourd que tout le poids de sa vie. Autant cette fugue s'était faite sans question et avec énergie, autant toute cette force s'envolait maintenant, comme si elle s'échappait par chacun des pores de sa peau pour laisser toute la place à une seule question : « Où aller ? » C'est à ce moment-là qu'il sentit le découragement s'emparer de lui. Il n'avait aucun endroit où aller.

Il n'y avait plus de bagarre, plus de cris et de pleurs, mais seulement le bruit de ses pas qui crissaient sur la neige durcie par le froid intense. Arrêter de marcher c'était arrêter de vivre. Retourner en arrière c'était arrêter de vivre. Il n'y avait plus rien d'autre à faire que de marcher. Il n'y avait plus rien à faire. Il n'y avait plus rien.

Il tourna le coin de la rue, où il prenait l'autobus pour se rendre à la polyvalente avant le congé des fêtes. Étrangement, cette pensée lui échappait, comme si cela n'avait plus aucun rapport avec sa vie. Comme si la polyvalente n'avait existé que dans un rêve. Jean-Sam, l'esprit ravagé par la cruelle réalité, confondait ses pensées avec un mauvais rêve : il ne choisissait plus les images, elles lui venaient d'elles-mêmes à l'esprit. Tantôt, il voyait ses amis assis à la cafétéria de l'école ; tantôt, il voyait son professeur de français écrivant au tableau. Il était incapable de réfléchir et sa tête ne faisait que bourdonner. Il se rendit enfin compte que son cerveau allait chercher ces images pour les mettre à la place de la réalité parce que la réalité lui faisait peur. La réalité, maintenant, c'était la rue, le froid et la faim.

2

La rencontre
de Squatte

Complètement hagard au bout de sa fuite sans but, Jean-Sam se retrouva dans le parc où il était moins d'une heure auparavant.

Cette fois son moral était aussi bas que la température. Il serra ses bras sur son torse en piétinant pour se réchauffer. Tout seul sous le vieux lampadaire, il secoua ses pieds l'un contre l'autre dans ce petit cercle de lumière en observant les ténèbres tout autour. Les événements se bousculaient encore dans sa tête sans qu'il parvienne à bien y réfléchir, son esprit en déroute n'arrivait plus à comprendre ce qui se passait. Mais le froid glacial lui rappelait qu'il ne rêvait pas. Il était bel et bien à la rue, tout seul et sans argent. Il avait bien tenté de se réchauffer dans l'entrée d'un restaurant, mais à peine quelques minutes s'étaient écoulées avant qu'on lui dise de partir en le menaçant d'appeler la police s'il s'avisait de revenir. Il était perdu dans cet enfer de glace, et son esprit n'arrivait même plus à évoquer une seule image agréable. Prisonnier du réel, il ne pouvait plus s'enfuir dans son imagination vers des endroits meilleurs. Toute la réalité de ses quinze ans lui apparaissait insoutenable. Comment faire pour se réchauffer, pour dormir, pour manger ? Si au moins c'était l'été, le premier problème n'existerait pas, et il aurait du temps pour réfléchir aux deux autres. Mais tout se bousculait dans sa tête tandis que la peur lui brûlait le ventre... « Comment faire ? » se demandait-il.

— Salut mec !

La voix rappelait étrangement quelqu'un à Jean-Sam. En se retournant, il fut stupéfait de voir Squatte entrer dans son petit cercle de lumière.

Squatte était un ancien élève de la polyvalente. Il avait été mis à la porte pour indiscipline et s'était retrouvé en centre d'accueil parce que sa famille ne s'occupait plus de lui. Même si Jean-Sam ne lui avait parlé qu'à deux ou trois reprises, et de choses plutôt banales, il était tout de même heureux d'entendre une voix et de ne plus être seul avec sa peur. Squatte s'approcha avec son air habituel de toujours se foutre de tout et de tous. Il prit le temps de regarder le visage de Jean-Sam quelques instants avant de dire :

— Toi, t'es dans la merde comme ça se peut pas, hein mec ?

Jean-Sam regardait le bout de ses bottes, hésitant à se lier d'amitié avec un gars ayant aussi mauvaise réputation. Mais l'envie de trouver un ami dans toute cette misère fut plus forte.

— Je me suis sauvé de la maison. Je me suis engueulé avec mon père et je l'ai menacé. Ensuite, je suis parti.

Squatte regarda encore Jean-Sam quelques instants, mais cette fois avec une sorte de compréhension et, bien que cela puisse sembler bizarre pour un bagarreur de rue dont le blouson de cuir ressemblait à un mur de brique couvert de graffiti, il y avait comme une espèce de tendresse dans le regard du jeune itinérant. Eh oui, Squatte était devenu itinérant. Il avait passé à peine quelques semaines en centre d'accueil, puis il s'était enfui, préférant la liberté à la discipline. Le vagabondage était devenu sa vie et la rue, son royaume. Squatte vivait ainsi depuis plusieurs mois et il ne se souvenait presque plus avoir déjà vécu autrement. Son vrai nom était Justin Leblanc, mais il avait toujours préféré se faire appeler Squatte, pour *squatter* : celui qui occupe illégalement un logement libre, sans droit ni titre.

— Viens avec moi, dit-il à Jean-Sam. Je vais te montrer le paradis sur terre.

Ils marchèrent pendant une vingtaine de minutes côte à côte sans parler ou presque. Jean-Sam suivait Squatte comme on suit sa seule chance, presque malgré soi, à défaut d'avoir le choix, en s'accrochant à ce qui passe. Pendant qu'il marchait, Jean-Sam eut une impression étrange. Cette ville, bien que familière puisqu'il y habitait depuis toujours, lui sembla tout à coup différente. C'était comme s'il avait déménagé ailleurs; mais il reconnaissait les vitrines des magasins, les abribus, les rues et les édifices. Cependant, quelque chose d'essentiel avait changé: c'était les lois et les visages. Jean-Sam venait maintenant d'être placé sous la loi de la rue en compagnie des itinérants, des gangs de rue et des oiseaux de nuit qui ne quittent les bars qu'à la fermeture en y laissant tout leur argent, ainsi que leur esprit et leur sens de l'équilibre. Les policiers qui, le jour, font des rondes à pied, règlent la circulation et parlent aux gens, étaient maintenant réfugiés dans leurs autopatrouilles, prêts au pire et à tout instant. Jean-Sam tentait bien de garder un air naturel en marchant aux côtés de Squatte, mais il avait l'impression d'être sur une autre planète, dans un monde dont il avait entendu parler mais qu'il n'avait vu qu'au cinéma ou à la télévision.

En passant devant un gang de jeunes *skins*,

Squatte leur fit un signe bizarre de la main. L'un des *skins* lui rendit son signe étrange, un peu comme le font les gens muets lorsqu'ils s'expriment avec des gestes des doigts et des mains. Jean-Sam sortit à ce moment de sa torpeur et demanda à Squatte :

— Qu'est-ce que c'est... ce signe que tu leur as fait de la main ?

— Ce quartier appartient aux *skins*. Si tu passes sans leur autorisation, ils vont te « taxer ». Tu sais ce que c'est, le « taxage » ?

— Quand des gangs volent leurs affaires aux jeunes.

— Ouais ! c'est un peu ça, disons. Pour un gang de rue, le « taxage » ça sert d'abord à faire savoir à tout le monde qu'ils sont les maîtres du quartier. Mais aussi, en volant des blousons de cuir, des espadrilles et des *walkmans*, tout ce qui est revendable quoi ! ça fait une source de revenus. Et tu sais que l'argent c'est le pouvoir : tu peux acheter des armes et de la *dope* pour les revendre et faire encore plus de fric. L'argent c'est pareil dans la rue et dans les banques : plus t'en as et plus c'est facile d'en avoir. Mais, conclut Squatte d'un air déçu, quand t'en as pas... c'est pas drôle, j'te jure.

— Tu fais partie de la bande et c'est pour ça que t'es pas « taxé » ? C'est ça ? redemanda

Jean-Sam, soudainement tout aussi curieux d'apprendre les lois de la rue que de connaître son nouvel allié.

— Non mais, regarde-moi mec ! j'ai l'air d'un *skin* ! demanda-t-il en pointant du doigt ses cheveux longs, un sourire aux lèvres. Les *skins* sont un peu désorganisés depuis qu'ils ont perdu leur chef, Adolphe junior. Et puis moi, mon gang, je l'ai perdu il y a longtemps, conclut Squatte sur un ton qui interdisait toute autre question.

En tournant un autre coin de rue et en s'engageant dans une ruelle sombre, ils perdirent de vue la bande des *skins*. Squatte bifurqua soudainement à droite vers de vieux édifices délabrés. Il gardait les mains dans ses poches pour se réchauffer. Le capuchon qui lui couvrait la tête avait à la fois l'avantage de le protéger du froid et de le rendre méconnaissable : pour vivre dans la rue, quand on est mineur, l'anonymat est le meilleur des camouflages. Squatte, un doigt pointé vers le sol, fit signe à Jean-Sam de marcher sur les planches étalées sur la neige et, en se retournant, un doigt sur les lèvres, il fit encore signe de garder le silence. Longeant un mur, Squatte s'arrêta près d'un immense panneau de bois. Il le fit pivoter quelque peu pour découvrir un trou, presque aussi grand qu'une porte, percé dans le mur de béton décrépit. Ils s'y glissèrent tous deux et la noirceur la plus totale les recouvrit quand Squatte referma le panneau qui dissimulait l'entrée du repaire. Jean-Sam entendit le bruit d'une allumette qu'on craque et une petite lumière vacillante accompagna le bruit du soufre qui s'enflamme en faisant danser les formes bizarres de l'endroit pour le moins étrange. Squatte alluma ensuite quelques chandelles et Jean-Sam découvrit l'intérieur de ce refuge dans tous ses détails.

— *Home sweet home!* s'exclama Squatte se gardant toutefois de trop élever la voix. Ici, il y a trois avantages : d'abord, il va faire chaud dans quelques minutes, tout juste le temps d'allumer le réchaud de camping ; ensuite, on a un peu de bouffe et des couvertures pour dormir ; et finalement, ça c'est le plus important, personne d'autre que nous deux ne connaît cette planque. Alors, pas de bruit et surtout beaucoup de discrétion quand on entre et qu'on sort. Souviens-toi qu'il est très important de toujours garder le panneau de bois bien en place pour que la lueur des chandelles ne se voie pas de l'extérieur, et aussi de toujours marcher sur les planches dehors pour ne pas laisser de traces de pas dans la neige.

Squatte alluma donc le réchaud alimenté au propane et la chaleur, tel que promis, commença à se répandre dans le petit espace. Une fois installés, ils mangèrent un sandwich pendant que Jean-Sam racontait en détail la bagarre avec son père. En terminant son récit, Jean-Sam réalisa qu'il se faisait tard et, maintenant, repus et relativement au chaud, tous deux convinrent qu'il était temps de dormir. La température de la pièce devenait suffisamment chaude pour qu'ils retirent leur manteau. Squatte donna un sac de couchage usé à Jean-Sam qui s'y glissa vêtu de son jean et d'un gros chandail de laine. Squatte remit son manteau d'hiver et se couvrit de plusieurs couvertures épaisses. Jean-Sam reposait sur un matelas tout défoncé et Squatte, sur un vieux divan brisé. Entre eux, le petit réchaud alimenté au gaz ne répandait plus qu'une petite lumière bleue quand ils eurent soufflé les chandelles.

— Demain on va aller faire des provisions et ça va être *tripant* en plus, tu vas voir, dit Squatte dans la demi-obscurité.

— Où ça ? demanda Jean-Sam, étonné.

Cette déclaration lui avait fait le même effet que si sa mère lui avait dit : « Demain on va aller faire la commande et on va s'amuser. »

— Y a rien de plus simple, mais je suis trop fatigué pour t'expliquer. Dors ! On verra demain, termina Squatte. Bonne nuit mec !

— Bonne nuit ! répondit Jean-Sam.

Quelques minutes plus tard, alors que le sommeil le gagnait, il eut envie de remercier Squatte de l'avoir sauvé du froid et de la faim, mais la pudeur et la gêne l'en empêchèrent.

Squatte, le dos tourné, retenait les larmes et les sanglots qui lui gonflaient la gorge. Pour la première fois, depuis que sa bande avait été démantelée, il n'était pas seul dans ce trou avec ses peurs et ses angoisses. Squatte ne croyait pas en Dieu ni même à la vie, mais il remercia quelque chose de lui avoir envoyé quelqu'un, juste à temps... juste au moment où il n'en pouvait plus, juste avant qu'il ne décide d'en finir.

3

Le vol

Squatte et Jean-Sam étaient restés emmitouflés dans leurs couvertures en attendant que la température se réchauffe un peu. Une ligne lumineuse dans le bas de la porte confirmait que la nuit était passée. Squatte avait changé la bonbonne de gaz du réchaud qui s'était malencontreusement éteint quelques minutes auparavant. Mais la boule de feu jaune et bleu les rassurait maintenant sur la salubrité de leur planque. Jean-Sam avait mis du temps à s'endormir la veille. Le silence qui avait suivi leur conversation avait ramené Jean-Sam à son drame et il avait dû se livrer à un difficile exercice mental afin d'oublier les appels de sa mère et finalement, réussir à s'endormir. Toutefois, le matin venu, il était bien reposé. La température et le moral étaient à la hausse à l'intérieur de la cachette malgré ce froid matin hivernal. Les deux gars étaient maintenant levés et souriaient en mangeant un sandwich et en buvant un litre de lait au chocolat que Squatte avait volés la veille dans un dépanneur. Ils étaient bien. Leur univers était tout petit, mais ils en étaient les maîtres ; ils n'étaient plus chez leurs parents, ils étaient chez eux.

— Ce soir, on va faire la cafétéria du parc industriel ! annonça Squatte à Jean-Sam avec le même enthousiasme que s'il avait dit : « Ce soir, on va jouer une partie de basket. » C'est aussi facile que de péter dans l'eau, tu vas voir, termina-t-il sur une bouchée de sandwich.

Jean-Sam sourit à cette expression. Décidément, Squatte était un gars drôle quand on le connaissait bien.

— C'est une passe facile et payante au *boutte*, renchérit Squatte le visage tout joyeux. C'est Isabelle qui m'a montré ce coup-là...

Mais Squatte s'arrêta soudain et son sourire mourut sur ses lèvres tandis qu'il avalait difficilement sa bouchée de sandwich, comme s'il avait dit quelque chose de trop. Il eût l'air contrarié.

— C'est qui ça... Isabelle ? questionna Jean-Sam, un peu perplexe devant le changement d'attitude de son compagnon.

— C'était une fille de ma bande... dans le temps où j'avais un gang, termina Squatte sur un ton songeur et triste à la fois.

— Qu'est-ce qui s'est passé ? demanda encore Jean-Sam.

— Une chicane avec une autre bande. Un peu à cause d'Isabelle, mais surtout parce que c'était inévitable. C'est un gars qui se fait appeler Le Pim qui était le chef de l'autre gang. Son vrai nom c'est Sasseville, Stéphane Sasseville. Il me haïssait parce que les membres de sa bande le laissaient tomber pour venir ici. On avait du *fun* au *boutte* dans ma piaule dans ce temps-là... t'aurais dû voir ça ! dit Squatte en écartant les bras et en souriant comme un présentateur de télévision.

Mais, encore une fois, sa gaieté ne dura qu'un instant et son visage s'assombrit de nouveau.

— Mais bon ! c'est fini ce temps là, laissa-t-il tomber comme pour chasser la tristesse que lui apportait le souvenir de cette époque révolue, mais qui semblait avoir été vraiment heureuse pour lui.

Toutefois, après une courte hésitation et un bref silence, il se ravisa et poursuivit le récit de ses souvenirs.

— C'était il y a quand même longtemps. La police a arrêté le chef de l'autre gang et ensuite, un par un, mes potes se sont fait ramasser. Il y en a juste un ou deux qui ont évité la razzia des flics et ils sont partis ailleurs. Moi, je suis resté seul ici.

— Isabelle... c'était ta blonde?

— Non. Remarque que j'aurais bien voulu, admit-il avec un sourire gêné, mais disons qu'on est devenus de très bons amis. Ouais, reprit Squatte, soudainement plus positif en repensant à la jeune fille qui semblait l'avoir beaucoup marqué. J'aimerais bien ça la revoir, termina-t-il à voix basse.

— Mais pourquoi tu ne vas pas la voir? Qu'est-ce qui t'en empêche? s'informa encore Jean-Sam, maintenant passionné par l'histoire de cette fille énigmatique.

— Elle est en centre d'accueil. Mais toi, inspecteur Columbo, t'as jamais eu de blonde? Raconte-moi ça. C'est à mon tour de rire, dit-il en fixant Jean-Sam avec un sourire moqueur.

Jean-Sam détourna les yeux quelques instants, peut-être par gêne ou bien pour se remémorer son ancienne vie qui semblait être devenue bien lointaine en si peu de temps. Mais il préférait de beaucoup le moment présent, dans ce refuge avec Squatte, tandis que son triste passé lui revenait à la mémoire comme un long ennui entrecoupé par les sempiternelles chicanes avec son père.

— Peut-être qu'ici j'aurai plus de chances d'en avoir une, répondit finalement Jean-Sam. Parce que, chez nous, précisa-t-il, c'était impensable.

— Quoi ? Ton père ne voulait pas... ou bien c'est ta mère qui voulait garder son petit garçon pour elle toute seule ! dit encore Squatte en éclatant de rire.

Jean-Sam rit lui aussi. Mais, devenant plus sérieux, il s'expliqua.

— Le problème, c'est plutôt mon père. C'est un alcoolique agressif. On n'a jamais d'argent parce qu'il boit toute sa paye et tout le fric de ma mère. Ça fait que j'avais jamais d'argent pour sortir, jamais de linge qui a de l'allure. Mais j'avais surtout peur d'amener une fille à la maison et qu'elle voie mon père soûl comme une botte, endormi dans le salon.

— Méchant cas problème, ton vieux ! De la façon dont t'en parles, tu dois le haïr pour le tuer ?

Jean-Sam ne répondit pas à cette question. Il baissa les yeux, puis il ajouta :

— Même mes amis ne venaient jamais chez moi. Je trouvais toujours de bonnes raisons pour les retrouver ailleurs. T'sais, dans le fond, je n'ai jamais eu de blonde sérieuse, jamais une fille dont j'aurais pu dire qu'elle était ma blonde pour vrai. Ça finissait toujours bizarrement parce que je ne pouvais pas aller au cinéma, ou bien au restaurant, et alors elles me laissaient parce qu'elles pensaient que je ne les aimais pas. Et moi, je ne les rappelais pas parce que j'étais gêné de ma vie, de ma famille. C'est con être pauvre…

— Ouais, c'est con être pauvre ! renchérit Squatte en regardant le vieux contreplaqué moisi qui servait de plancher à sa piaule. Mais ce soir on va être riches et pleins comme des œufs pondus trop serré, blagua Squatte pour rendre la bonne humeur à son compagnon tout en le fixant d'un regard soudainement amusé. Mais pour tout de suite, on va aller jeter un coup d'œil au centre-ville, ordonna-t-il. En silence, ils s'habillèrent pour une sortie dans un paysage de glace rendu éblouissant par un soleil sans chaleur.

Ils traînèrent toute la journée dans le centre-ville. Squatte racontait des épisodes de sa vie de *squatter* à Jean-Sam, tout en lui enseignant les règles à respecter pour ne pas avoir de problèmes avec les gangs de rue. Il lui indiqua où régnaient les *skins*, les *punks*, les *grunges*, puis les *Hispano* et les rastas. Bref, Jean-Sam eut droit à tout un cours sur ces tribus urbaines produits de la misère, de la pauvreté et de la discrimination raciale. Le soir venu, vers les vingt-deux heures, ils se trouvaient planqués, derrière la cafétéria du parc industriel.

— Reste ici ! ordonna Squatte. Je te fais signe aussitôt que j'ai coupé le système d'alarme.

Moins de trois minutes plus tard, Jean-Sam vit Squatte venir lui faire signe de la main. Il sauta la clôture et entra bientôt dans la cafétéria où Squatte s'acharnait déjà sur un tiroir-caisse pour le vider de son contenu.

— Rien que du change ! dit-il, déçu, après avoir réussi à l'ouvrir. Bof ! ça peut toujours servir, pensa-t-il finalement tout haut en enfouissant la monnaie dans ses poches. Prends tout ce qui est en conserve et mets ça dans ce beau grand sac ! ordonna-t-il à Jean-Sam en lui apportant un sac de jute.

— Vise-moi ça ! s'exclama Jean-Sam en montrant à Squatte un litre de vin qu'il avait découvert parmi les conserves.

— C'est le bon Dieu qui récompense notre beau travail ! s'exclama Squatte en prenant la bouteille des mains de Jean-Sam pour en admirer le contenu.

Systématiquement et avec rapidité, ils ramassèrent tout ce qui pouvait leur être utile, dont quelques couteaux qui, dans la rue, valaient un bon montant. Puis ils prirent la fuite par où ils étaient venus. De retour dans leur repaire, ils lâchèrent un grand cri de joie qu'ils avaient retenu toute la soirée en brandissant la fameuse bouteille de vin. Bientôt, ils se mirent à danser, à rire et à chanter, tout en enfilant goulûment le contenu de la bouteille.

Squatte fouilla dans sa poche et en sortit un joint qui vint rapidement parfumer leur petit royaume. Une heure plus tard, Jean-Sam, recroquevillé sous ses couvertures, oscillait entre l'éveil et le sommeil, dans un doux état de bienêtre quand, tout à coup, la porte qui protégeait leur planque du vent et des regards curieux vola en éclats dans un vacarme infernal.

— POLICE ! Pas un geste ou on tire !

Des faisceaux de lampes de poche balayaient l'espace tandis que deux autres éclairaient fixement les délinquants surpris et paniqués par cette intervention en force dans leur repaire.

— Y en a juste deux et ce sont des jeunes ! cria une voix.

— Ça ne fait rien. Bouclez-les moi au plus vite et fouillez ce taudis ! Embarquez-moi ces deux vauriens dans le fourgon cellulaire, ordonna toujours la même voix impérative qui dirigeait l'opération policière.

En un rien de temps, Jean-Sam et Squatte se retrouvèrent menottés, côte à côte, dans le fourgon cellulaire qui les amenait au poste de police. Le policier au visage de pierre qui les surveillait leur imposa le silence durant la dizaine de minutes que dura le trajet. Lorsque le véhicule stoppa enfin, on les en fit descendre sans ménagement. Ils se virent à ce moment-là pour la dernière fois, alors que les policiers les entraînaient vers des cellules différentes. Jean-Sam était maintenant séparé du seul ami qu'il lui restait et se retrouvait jeté *manu militari* dans le monde dur des adultes. Il était seul comme il ne l'avait encore jamais été. Seul comme on l'est devant la justice des hommes. Il n'avait d'autre alternative que de s'allonger sur le lit de sa cellule et de dormir en espérant que, à son réveil, il se retrouverait chez lui et que toute cette aventure cesserait d'exister.

Malheureusement pour lui, le réveil fut pire encore. Une lourde porte grinça en pivotant sur ses gonds. Un policier au regard sans expression s'adressa à lui.

— Jean-Samuel Gascon! Ta mère est ici et elle demande à te voir.

Jean-Samuel était malade. Malade à cause de l'alcool qu'il avait ingurgité, mais aussi malade à cause de la situation dans laquelle il s'était placé. Mais il était surtout malade de revoir sa mère comme un vulgaire détenu der-rière des barreaux de prison. Sans attendre sa réponse, le gardien fit un signe de la main à quelqu'un qui se trouvait derrière lui. Il se rangea contre le mur de béton pour dégager le passage et la mère de Jean-Sam apparut dans la porte de la geôle.

Elle ne dit rien. Par son regard, Jean-

Samuel savait qu'elle ne le jugeait pas. Elle ne le jugeait pas parce qu'elle savait jusque dans le détail, et peut-être mieux que lui-même, qui était Jean-Samuel Gascon. Mieux que quiconque elle savait ressentir les humeurs de son fils, et là, maintenant, elle était la seule encore capable de le toucher. Aussi, lorsqu'elle vint s'asseoir près de lui, doucement, il ne put que laisser tomber sa tête sur son épaule et se mettre à pleurer comme un enfant. Jean-Sam tenta bien d'opposer sa volonté à son désarroi et de retenir ses larmes, mais les spasmes qui agitaient tout son corps témoignaient de la futilité de ses efforts ; la présence de sa mère dans cet endroit sordide lui faisait réaliser à quel point il s'était enlisé dans la déchéance. Après toutes ses frasques des dernières heures, des heures qui semblaient avoir duré des jours, enfin la réalité réapparaissait sous les traits les plus rassurants qu'il ait jamais connus, ceux de sa mère. Quelques minutes passèrent avant qu'elle ne se mette à parler.

— Tout va changer Jean-Sam, lui dit-elle sur un ton à la fois ferme et chaleureux. J'avais deux hommes dans ma vie, deux hommes que j'aimais plus que tout, et les deux sont maintenant hors de mon existence. J'ai mis ton père à la porte hier. Vos places sont encore là, mais il vous faudra apprendre à les mériter. À quinze ans, ton père est parti de chez lui et ensuite, il s'est mis à boire. Regarde ce qu'il est devenu. Et toi maintenant... au même âge et de la même façon...

Elle fit une pause pour passer ses doigts dans les cheveux de son fils, puis elle poursuivit :

— J'ai passé les deux derniers jours à réfléchir, seule dans cette maison faite pour trois. Le vide que vous avez laissé tous les deux dans cette maison m'a glacé le sang, et c'est froidement que j'ai tout revu, que j'ai tout repensé. Tu es un homme maintenant, Jean-Sam. Pas selon la loi, mais selon moi. Tu t'es révolté, tu t'es défendu. Tu as passé par-dessus ta peur et tu as fait preuve de courage. Mais tu es un très jeune homme et tu n'as aucune sagesse. Ton père non plus. Vous avez les qualités nécessaires pour être des hommes, ton père et toi, mais vous agissez comme des enfants. Il vous reste encore le plus haut sommet à reconquérir, l'estime que j'ai de vous deux.

« Je t'aime Jean-Sam. Peut-être trop, peut-être mal. J'aime ton père aussi. Mais mon plus grand rêve est en train de devenir ma plus grande défaite. Il me reste encore beaucoup de force, une force que je cultivais, sachant trop bien que j'en aurais besoin tôt ou tard, en voyant ton père se soûler, et en sachant que toi, pendant ce temps-là, tu fumais des joints dans le parc. Une force que je cultivais en vous voyant l'un et l'autre glisser en enfer.

« Ou bien on traverse cette épreuve à trois, ou bien c'est cette épreuve qui nous traversera. Notre vie est complètement défaite, Jean-Sam, elle est à nos pieds tout en morceaux. On a maintenant le choix : ou bien on marche dessus, ou bien on plie l'échine, on ramasse les morceaux et, avec nos souvenirs à tous les trois, on les remet à la bonne place. On va se tromper et faire encore quelques erreurs. Il va falloir se parler, beaucoup, et surtout se comprendre pour être bien certains que dorénavant chaque morceau ira bien à sa vraie place et de la bonne façon. Je n'irai pas au bout de cette épreuve sans ramener mes deux hommes. Et pour ça, il va falloir vous accrocher l'un à l'autre. À la vie à la mort, tous les trois. »

4

Le centre d'accueil

— Salut Jean-Samuel ! Je suppose qu'on t'appelle Jean-Sam, hein ?

Jean-Sam, timidement, fit signe que oui en hochant la tête.

— On t'attendait, dit le jeune homme qui venait de l'accueillir. Ta chambre est prête. C'est au deuxième. Donne-moi un de tes sacs, je vais t'aider. Moi c'est Alain, je suis l'un des éducateurs du centre. Elle, là-bas, c'est Maryse. Viens, monte, c'est par ici.

Tout en marchant derrière Alain, Jean-Sam l'observa un peu mieux : taille moyenne, cheveux longs attachés en queue de cheval, athlétique et, somme toute, assez sympathique. Alain tourna à droite en atteignant le deuxième palier et Jean-Sam le suivit en jetant un regard sur les lieux. Ils prirent la première porte à droite.

— Bienvenue dans ta chambre, cher pensionnaire ! Puis, en tirant les rideaux, il ajouta :

vue sur la rivière sans frais supplémentaires ! Tout le monde descend à dix-sept heures pour le souper, ça te laisse deux heures pour placer tes affaires et t'installer. Si tu as fini avant, tu peux venir nous retrouver en bas au salon ou au gymnase. Ah oui ! j'oubliais, si tu veux verrouiller ta porte quand tu n'y es pas, il faut que tu demandes à un éducateur ! Installe-toi bien.

Jean-Sam parcourut des yeux sa petite chambre : un lit à une place, comme celui d'un détenu, pensa-t-il, une commode ne pouvant contenir que le strict nécessaire, une fenêtre. Les murs étaient faits de grosses briques blanches, comme le sont les murs des douches d'un aréna. Chez lui, il n'avait rien ; ici, il se sentit dépossédé de tout. Alain l'avait prévenu gentiment, mais prévenu quand même, que la porte se verrouillait de l'extérieur : n'est-ce pas le cas de toutes les portes de toutes les prisons ? Cette chambre, avec sa porte sans fenêtre, ne pouvait-on pas la transformer en cellule en un tournemain ? Le juge avait condamné Jean-Sam à trois mois sans sortie avant réévaluation. S'il se comportait bien, il aurait trois autres mois avec privilège de sorties et ensuite trois mois dans sa famille sous la surveillance d'un ARH (agent de relations humaines). Somme toute, il s'en tirait bien pour une fugue et un vol avec effraction.

Il commença à défaire le bagage que sa mère avait préparé pour lui lors de son transfert. Tout s'était passé très vite : il avait comparu en avant-midi devant le juge et, tout de suite après, il avait été amené ici, au centre d'accueil. Sa mère avait été avisée qu'il ne rentrerait fort probablement pas à la maison ; elle avait donc préparé les choses nécessaires à son séjour au centre. Tandis qu'il rangeait son linge et ses effets personnels, Jean-Sam risqua un coup d'œil au bout du passage. Il aperçut une longue chevelure rousse qu'il imagina appartenir à la plus belle fille du monde. Mais la porte marquée « salle de lavage » se referma derrière elle et il se sentit frustré de n'avoir pu voir son visage. Toutefois, comme prix de consolation, il entendit sa voix.

— Hé ! Alain, me donnes-tu la permission de te dire que t'es le roi des cons ?

Ce à quoi Alain répondit d'un peu plus loin :

— Ouais ! Mais juste si tu me permets de t'appeler ma reine.

Et la jeune fille de répondre d'une voix enjouée :

— Être la reine des cons, déjà c'est pas l'affaire du siècle, mais t'avoir comme roi... ça c'est l'enfer !

Une troisième voix se fit entendre du côté opposé du corridor, là où se trouvait la table de travail des éducateurs.

— Votre royaume ne sera pas très grand, dans tout le centre, vous êtes bien les deux seuls cons.

L'éducatrice qui venait de prononcer cette phrase passa devant la chambre de Jean-Sam. C'était Maryse. Elle lui fit un clin d'œil et s'enfuit en courant rejoindre les deux autres. Lorsqu'ils se rejoignirent, Jean-Sam entendit des éclats de rire puis des pas de course dans l'escalier.

Le silence était revenu sur tout l'étage. Un peu plus tard, il vit apparaître dans l'embrasure de sa porte, la tête rousse, mais de face cette fois. Il resta figé, incapable de rien dire, incapable de rien faire, à peine capable de respirer.

— C'est toi Jean-Samuel ? Moi c'est Isabelle.

Puis, comme si la gêne passait et qu'elle se trouvait maintenant un peu plus à l'aise, l'adolescente ajouta :

— J'espère qu'on ne t'a pas trop dérangé avec nos niaiseries ?

— Non, non ! c'est correct... répondit Jean-Sam maladroitement.

Tous deux restèrent à se regarder un bref instant sans rien dire. Isabelle laissa échapper un rire court qui alla droit au cœur du jeune garçon. Pour briser la gêne, elle détourna les yeux et jeta un regard distrait sur la chambre du nouveau pensionnaire.

— Tu sais, on est quand même bien ici.

Puis, après un moment d'hésitation, elle ramena son regard sur Jean-Sam.

— Je connais un petit bout de ton histoire, dit-elle. Moi, ça fait assez longtemps que je vis ici. Ce soir, si tu veux, tu pourras me la raconter en détail et moi, je t'expliquerai comment ça marche ici.

— Oui, oui! répondit Jean-Sam aussi maladroitement qu'il avait répondu non, non à l'autre question.

Isabelle le regarda encore un petit instant, sans rien dire, en souriant; puis elle lui fit signe de la main et repartit dans la même direction que les deux éducateurs. Jean-Sam recula lentement, comme un somnambule, en fixant des yeux le mur devant lequel se tenait Isabelle l'instant d'avant. Ses mollets frappèrent le rebord de son lit, sur lequel il tomba assis. En quelques secondes sa respiration redevint normale, son pouls redevint normal, mais sa vie était toute changée.

— Diable qu'elle est belle! dit-il tout bas, sans même s'en rendre compte.

Au même moment, au troisième étage, Isabelle tourna le coin de l'escalier en volant littéralement par-dessus la rampe. Elle courut jusqu'au bout du couloir, s'enferma dans le placard à literie et enfonça sa tête dans un oreiller pour crier le moins fort possible :

— OUUUUUUUUUHHHHHOU ! Il est BEEEAAAAAUUUUUUU !

À dix-sept heures, quand vint le moment de descendre souper, Jean-Sam était très mal à l'aise : d'abord, c'était sa première rencontre avec tout le groupe ; ensuite, il allait revoir Isabelle ; et finalement, il ne savait pas si son esprit tiendrait le coup. Au moment où il quittait sa chambre pour se rendre à la salle à manger (avec une terrible envie de remonter chacune des marches à mesure qu'il les descendait), il croisa plusieurs gars et plusieurs filles qui le saluèrent amicalement. Quelques-uns connaissaient déjà son nom, d'autres lui lançaient un « salut l'nouveau ». Seul un grand gars d'un mètre quatre-vingt-dix, tatoué d'une croix gammée à l'arrière de son crâne rasé, passa à côté de lui en l'ignorant avec dédain, comme s'il avait été une mouche collée au mur. Lorsqu'il fut assis à la grande table avec tous les autres, Alain, l'éducateur, prit la parole.

— Silence tout le monde, dit-il, et le silence se fit. D'abord on fait la transition, ensuite je vous présente notre nouveau. Puis il lança comme un ordre : Transition, trente secondes !

Le silence était complet. Plus un bruit et pas un geste. Jean-Sam sentait les regards de la douzaine de convives converger sur sa personne et il se contenta, pour sa part, de fixer la salière qui se trouvait devant lui. Il en regardait les trous en se disant qu'avec un petit effort il arriverait à passer au travers pour se cacher. Ces trente secondes silencieuses semblaient défiler devant lui comme un cortège funèbre, une à une et très lentement, en route pour l'éternité. Bref, Jean-Sam n'était pas à l'aise du tout.

— Transition terminée ! lança finalement Alain.

Et l'animation reprit au grand soulagement du nouveau pensionnaire. L'éducateur fit le rappel des tâches de chacun tout en dirigeant la circulation autour de la grande table.

— Souléman, tu as la tâche du service... un à la fois, comme d'habitude. Annie et Josée vous avez la tâche de nettoyer la table et de faire la vaisselle.

Pendant que tous s'activaient, Jean-Sam évitait de regarder vers Isabelle qui prenait place à côté d'Annie. Cette dernière était une fort jolie fille, quoiqu'un peu plus jeune, avec qui Isabelle partageait sa chambre. Isabelle était devant lui un peu à droite et elle le reluquait sans scrupule, puisqu'elle pouvait se noyer dans le groupe dont elle faisait partie. De temps à autre, elle se penchait et murmurait quelque chose à l'oreille d'Annie, et cette dernière regardait alors Jean-Sam avec un sourire moqueur et des yeux narquois.

Alain reprit de nouveau la parole.

— Attention tout le monde ! Je vous présente notre nouveau pensionnaire. Il s'appelle Jean-Sam et il va passer quelque temps avec nous. Est-ce que quelqu'un a des questions ?

— Es-tu bon au ping-pong ? lança Souléman.

Souléman Diakité était un jeune Noir d'origine jamaïcaine aux allures de rasta avec de longs cheveux tombant en une multitude de tresses très fines. Il portait des vêtements très amples et multicolores.

— Il demande ça parce qu'il a toujours peur de perdre son titre de champion, ajouta Isabelle pendant que Souléman prenait une pose de vainqueur.

Des éclats de rire et d'autres commentaires fusèrent. Jean-Sam était content qu'elle ait parlé, ainsi il put faire comme tout le monde et tourner son regard vers elle sans se gêner. C'était à son tour de se noyer dans le groupe pour la regarder. Il remarqua aussi, du coin de l'œil, que le grand gars au crâne rasé demeurait totalement indifférent à la joie de chacun et encore plus à la mimique de Souléman.

Tout le souper se passa dans la bonne humeur et Jean-Sam parvint, avec le temps, à relâcher un peu de stress et à se sentir un peu plus à l'aise. Une fois le repas terminé, Alain l'emmena dans un petit bureau dont la vitre donnait sur la cuisine. De cet endroit, l'éducateur pouvait à la fois surveiller le déroulement des tâches et parler avec Jean-Sam.

— Tu vois ça ? C'est ton cahier de bord. Là-dedans tous les éducateurs inscrivent des commentaires sur ton comportement dans la journée. C'est à partir de ces commentaires que ton agent de relations humaines pourra t'évaluer. Si tu veux savoir ce qui y est inscrit, il faut que tu le demandes à ton éducateur. Et puis il faut que je te dise que t'es un petit chanceux parce que ton éducateur, c'est moi. J'espère que ça te plaît que je sois ton éducateur parce que moi je te trouve bien sympathique.

Jean-Sam fit un signe d'approbation en souriant timidement. Alain lui rendit son sourire et poursuivit ses explications relativement au fonctionnement du centre.

— Ici, c'est la feuille d'évaluation. Sur cette feuille, on te donne des points pour la propreté, la tenue de ta chambre, le respect des autres et l'exécution des tâches qui te seront assignées. Il y a aussi l'écoute à l'intervention : là, on évalue la façon dont tu réagis quand un éducateur te dit de faire ou ne pas faire quelque chose, et je t'avertis qu'on est très sévères là-dessus. Si tu obtiens des bons points, cela te donne droit à une somme d'argent. Comme tu ne fumes pas, tu pourrais, par exemple, quand tu obtiendras un privilège de sortie, aller au cinéma avec Isabelle.

Jean-Sam se sentit rougir jusqu'au bout des orteils.

— Allons ! prends pas ça comme ça ! Écoute, je suis ton éducateur, ça veut dire qu'on doit toujours se parler le plus franchement possible. T'en fais pas, je suis le seul à avoir remarqué que tu la trouves de ton goût Isabelle. Tu sais, c'est mon travail d'étudier tes réactions. Mais la discrétion aussi ça fait partie de mon travail : je n'en parlerai à personne, c'est juré. C'est vrai qu'elle est très jolie !

Jean-Sam répondit par un léger signe de tête affirmatif.

5

Le souvenir

Au moment où il allait se mettre au lit, le soir venu, les pensées de Jean-Sam furent troublées par un vieux souvenir d'enfance qui lui revenait souvent, comme ça, sans raison. Ce souvenir provenait de tellement loin dans sa mémoire, que l'adolescent se demandait chaque fois s'il l'avait vraiment vécu, ou s'il n'avait pas imaginé tout ça après qu'on lui ait raconté ce qui était arrivé à cette époque.

Ce souvenir était celui du jour du décès de son frère jumeau, alors qu'il avait à peine plus de quatre ans. Chaque fois que le souvenir de cette journée sinistre venait percer l'horizon de sa mémoire, Jean-Sam revoyait toujours la même image : son père qui entre dans la chambre avec un air comme il ne lui en avait jamais vu, marchant comme un somnambule. Son regard semblait s'être perdu dans l'enfer de son chagrin ; l'homme était assailli par les démons du remords. Alors, sans un regard pour Jean-Sam ; il entreprit de ramasser le lit de son fils décédé ainsi qu'une foule d'objets lui ayant appartenu, puis il repartit en laissant la chambre à demi vide. Tout au long de cette opération, le père de Jean-Sam était resté muet. Une ligne imaginaire coupait maintenant la pièce en deux. D'un côté, il n'y avait plus rien ; de l'autre, Jean-Sam, qui ne savait pas vraiment ce qu'il avait perdu, mais qui ressentait une grande absence envahir l'espace de sa vie, en une tornade de vide et de silence.

Son frère jumeau était mort sur la table d'opération. Une malformation congénitale cardiaque, lui avait-on dit plus tard. Jean-Sam n'avait pas pleuré une seule fois selon son souvenir. Quand il fut assez grand pour bien comprendre qu'il avait perdu son frère pour toujours, il était trop tard pour pleurer, trop tard pour manifester son chagrin. Cette peine restait dans son cœur comme un souvenir vague, mais toujours présent.

Il se souvenait aussi que, plus tard, sa mère lui avait expliqué que c'était depuis ce temps-là que son père buvait. Bien sûr, il buvait avant, mais raisonnablement. Mais, après la mort de son fils, il avait cessé de rire. Sa mère lui avait bien dit qu'il était un homme joyeux et aimant la vie à l'époque de leur mariage, mais Jean-Sam arrivait à peine à imaginer son père autrement qu'ennuyeux ou enragé. Sa mère lui raconta qu'après la mort de Jean-Michel (c'était le nom de son frère jumeau), son père laissa tomber tous ses amis. Il prit l'habitude de boire en finissant de travailler et, en rentrant à la maison, il était déjà soûl. Dans ces moments-là, il semblait sous l'emprise de démons intérieurs. Il commença à s'en prendre parfois à sa femme, parfois à son fils, d'autres fois aux deux en même temps.

Jean-Sam essaya d'imaginer son père souriant. Il n'y arrivait pas. Poser un sourire sur ce visage c'était comme dessiner une moustache à une femme : ça ne pouvait être qu'une erreur. Aussi, il se rendit compte qu'il n'avait plus songé à son père depuis longtemps. Comme s'il avait presque réussi à l'oublier. Jean-Pierre Gascon (c'était le nom de son père) souriant ? Sûrement que la face lui craquerait par manque de souplesse.

Soudain, des coups frappés au cadre de sa porte de chambre le tirèrent de ses pensées. Une jolie tête rousse apparut.

— Je te dérange ? demanda Isabelle.

— Non, non ! répondit Jean-Sam.

— Tu sais, quand je te pose une question, tu peux répondre une seule fois, lui dit-elle avec un air moqueur.

La gêne l'empêcha de répondre. Jean-Sam

était un peu timide avec les filles et l'émotion qu'il éprouvait pour Isabelle ne facilitait pas les choses.

— Alors, c'est Squatte qui t'a recruté, lui dit-elle, sachant très bien que cette phrase allait provoquer des réactions chez le garçon.

— C'est toi Isabelle ! Enfin... j'veux dire... la Isabelle dont Squatte m'a parlé ? répondit-il immédiatement (et en une seule fois).

— Oui ! c'est un ami superimportant pour moi. J'ai passé presque deux mois en fugue avec Squatte. Il est maintenant dans un autre centre, en détention, parce que, comme ce n'était pas son premier vol, je le sais parce que j'en ai fait quelques-uns avec lui, le juge l'a condamné à quatre mois de détention. Comme tu vois, les nouvelles voyagent vite d'un centre d'accueil à l'autre.

Elle fit une pause, comme si elle fouillait dans ses souvenirs tout en réfléchissant à ce qu'elle allait dire.

— T'as quand même été chanceux de tomber sur lui, parce qu'il y en a d'autres, des dangereux. Comme Le Pim, par exemple. Lui, il est spécialisé dans le gros commerce de la drogue, pas dans la petite vente de quelques grammes de hasch, j'te jure. Ou bien encore le Schleu... Adolphe, tu sais... tu l'as vu au souper, c'est le grand au crâne rasé avec une croix gammée qui ne parle jamais à personne. Bizarre, bizarre j'te jure, dit-elle en levant les yeux au ciel pour signifier jusqu'à quel point ce gars l'exaspérait.

Puis, en retenant un éclat de rire, elle jeta un coup d'œil à l'éducatrice qui ne la surveillait plus et vint s'asseoir près de Jean-Sam.

— La cafétéria du parc... (Elle paraissait très amusée.) Celle que vous avez défoncée... (Elle partit d'un rire qu'elle ne pouvait plus retenir.) C'est à mon oncle ! Cette fois elle fut prise de fou rire et Jean-Sam aussi se mit à rire, entraîné par l'hilarité irrépressible d'Isabelle, mais sans savoir ce qu'il y avait de drôle là-dedans.

— Si tu savais comment je déteste cet imbécile de « mononcle » Popaul. Et je m'imagine la tête de « matante » Gervaise quand elle a vu les dégâts... avec ses grosses lunettes, dit encore Isabelle en plaçant ses doigts autour de ses yeux.

La jeune fille rousse riait de plus belle, comme si les images qui lui venaient étaient toutes plus comiques les unes que les autres.

Quelques instants plus tard, elle reprit un peu son sérieux. Elle alla jeter un regard dans le corridor pour voir si l'éducatrice ne venait pas, puis elle revint s'asseoir sur le lit et mit sa main sur le genou de Jean-Sam en lui disant:

— Ça, mon grand, c'est le coup du siècle! Vider la cafétéria de « mononcle » Popaul pour la sixième fois... oh yeah! Elle s'approcha de lui, lui donna un baiser sur la joue et ajouta: je ne sais pas pourquoi je te dis ça, mais merci d'être ici.

Et elle s'enfuit avant que l'éducatrice ne remarque sa présence illicite dans la chambre de Jean-Sam.

Il y avait comme un feu d'artifice dans la tête de Jean-Sam. Comme si en même temps, il avait hâte et il avait peur, il avait tout et il n'avait rien. Si tout ce qu'il avait enduré depuis quatre jours avait été nécessaire pour rencontrer Isabelle, alors tout cela lui apparaissait maintenant comme un cadeau du ciel.

Ce fut à son tour de s'enfoncer le visage dans son oreiller pour crier.

— YAAAAAHOOOOUUUUUUUU!!! Elle m'aime!

6

L'arrivée du Pim

Il y avait du monde dans le petit bureau des éducateurs. Alain, Maryse et François, un troisième éducateur que Jean-Sam venait tout juste de connaître, ainsi que Sylvie, la coordonnatrice du centre, étaient en grande discussion au sujet de nul autre que Le Pim lui-même. La direction du centre venait tout juste d'apprendre la nouvelle par téléphone. Les huit mois de détention que Le Pim purgeait à Sainte-Agathe, pour trafic de drogue et port d'arme prohibée, finissaient dans une semaine et il était transféré dans leur établissement.

— C'est un cas très lourd, dit Alain, et je ne suis pas certain d'abord que c'est bon pour lui de se retrouver dans la ville où il a commis ses délits, mais surtout je ne sais pas si c'est une bonne chose pour nos jeunes de côtoyer un cas aussi difficile.

Sylvie prit ensuite la parole.

— Ouais ! C'est bien vrai que c'est un cas très difficile pour un centre comme le nôtre, mais il n'y a plus de place nulle part ailleurs. J'ai bien peur que l'on n'ait pas le choix. Il va falloir que l'on retrousse nos manches... ça va être du sport avec Stéphane dans la bâtisse.

Stéphane Sasseville, alias Le Pim, aurait été très heureux, s'il s'était trouvé sur place, de voir à quel point il perturbait les éducateurs. Il adorait semer la pagaille et la crainte qu'il inspirait constituait sa meilleure arme. Il était grand et costaud. Il avait plusieurs tatouages sur les bras et les cheveux coupés très court. Son air avait de quoi décourager quiconque à engager la discussion. Le Pim ne discutait pas ; il ordonnait. À dix-sept ans, il était parmi les plus âgés du centre, et cela aussi lui conférait un net avantage.

— Comme il est du type agressif envers les femmes, il faudra éviter de laisser des éducatrices seules sur le « plancher » dorénavant, ajouta Maryse.

Le « plancher » est un terme couramment employé dans le jargon des éducateurs : il désigne l'espace communautaire où tous les jeunes se retrouvent pour les activités de groupe, comme jouer au ping-pong, écouter la télévision ou bien jouer aux cartes. C'est évidemment l'endroit à risque en ce qui concerne les prises de bec et les bagarres.

— Ça va un peu compliquer notre fonctionnement et ça nous obligera aussi à resserrer la discipline, ajouta François. Il faudra intervenir rapidement lorsque Sasseville tentera de s'arroger le pouvoir parce que vous pouvez être certains qu'il va essayer de s'imposer comme leader négatif. Puis, un peu à la blague et surtout pour détendre l'atmosphère, il ajouta : On est éducateur ou on ne l'est pas !

— Tous pour un et un pour tous, répliquèrent les trois autres en parodiant les Trois Mousquetaires, mais sur un ton qui dénotait plus d'appréhension que d'enthousiasme.

Ils sortirent du petit local en se donnant des tapes d'encouragement dans le dos. Au souper, François annonça la nouvelle aux jeunes.

— Fin de la transition ! déclara-t-il. Mais je vous demande quand même votre attention, j'ai une nouvelle pour vous tous.

L'éducateur leur expliqua que Le Pim serait parmi eux à compter du lundi suivant. La plupart connaissaient déjà Le Pim de vue ou de réputation. Aucun n'avait très envie de partager ses activités avec ce type. Plusieurs jeunes se lançaient des regards pleins de sous-entendus, sans toutefois émettre de commentaires, comme si l'annonce de la venue du Pim constituait une menace qui les confinait d'ores et déjà au silence.

Isabelle, plus que silencieuse, semblait traumatisée par cette annonce. Cette nouvelle l'avait figée, paralysée. Elle était toute pâle et une fine sueur perlait à son front. Jean-Sam, qui maintenant avait presque un sixième sens directement branché sur elle, s'aperçut qu'elle avait peur. Même très peur. La venue du Pim, qu'elle connaissait bien puisqu'elle lui en avait parlé, constituait un danger pour elle plus que pour quiconque. Mais, comme elle ne disait rien, lui aussi préféra garder le silence en se disant qu'il lui en parlerait seul à seul. Il n'eut heureusement pas besoin d'attendre longtemps puisque, comme presque tous les autres étaient fumeurs, ils déménagèrent tout d'un bloc au fumoir une fois le souper terminé et les tâches accomplies laissant Jean-Sam et Isabelle ensemble à la table de cuisine. Elle le regarda droit dans les yeux, sans rien dire. Puis, sans même qu'il eût à le lui demander, elle entreprit de lui dire ce qui la tourmentait.

— Tu te souviens, je t'avais dit que tu étais bien tombé avec Squatte. Moi, quand j'ai pris la rue, je suis moins bien tombée parce que je me suis retrouvée avec Le Pim. On a *squatté* avec lui, moi et mon ami Sylvain et aussi quelques autres, avant de rejoindre la bande à Squatte. Avec Le Pim, on vivait à plusieurs dans une planque et personne ne travaillait : la *dope* et le vol étaient nos seuls moyens de subsistance. Ça allait assez bien ; Le Pim me fichait la paix. Il a bien fallu que je repousse ses avances à quelques reprises, mais il a tout de même fini par comprendre. Mais il y a eu un os ! Parce qu'un soir où il était complètement *stone*, gelé comme ça se peut pas, je pense qu'il avait pris de la mescaline, il a voulu aller faire la peau à Squatte avec un couteau. Il disait que Squatte lui volait son territoire. Dans le fond, c'est juste qu'il ne supportait pas que presque tout le monde le quitte pour rejoindre Squatte. Surtout qu'il m'avait vue parler à Squatte et je crois qu'il se doutait que, moi aussi, j'allais le laisser pour rejoindre l'autre bande. Je l'ai vu prendre un long couteau à cran d'arrêt, une lame de plus de quinze centimètres, et il est sorti de notre repaire en disant : « M'as l'piquer le p'tit crisse, tu vas voir ! »

« Il était tellement *stone* que j'étais certaine qu'il le ferait. Autant pour la vie de Squatte que pour empêcher Le Pim de commettre un meurtre, j'ai couru à une cabine téléphonique et j'ai appelé les flics. Ils ont arrêté Le Pim à quelques pas seulement du repaire de Squatte. Ils ont trouvé une arme blanche sur lui et un peu de *dope* aussi. Il a écopé de sa sentence de huit mois de détention à Sainte-Agathe. Le pire, c'est qu'il doit savoir que c'est moi qui l'ai donné aux flics. »

Même si les choses de la rue étaient assez nouvelles pour lui, Jean-Sam réalisait tout de même l'ampleur du problème. Peu importe la raison, quand on *squatte*, on évite d'avoir affaire à la police. Et même s'il était convaincu que la décision d'Isabelle avait été bonne pour Squatte, mais aussi pour Le Pim, il n'en demeurait pas moins que cela avait valu à ce dernier un aller simple pour huit mois en milieu fermé.

— Qu'est-ce que tu penses qu'il va faire quand il sera ici ? lui demanda Jean-Sam.

— Il ne peut pas faire grand-chose c'est sûr, mais il va quand même faire tout son possible pour m'en faire baver, ça, tu peux en être certain.

— On est deux, lui dit Jean-Sam. Et il est seul.

— Justement. Je préférerais que tu te tiennes loin de moi, Jean-Sam. Parce que s'il s'aperçoit que toi et moi... enfin... s'il se rend compte que tu réagis, il va s'en prendre à toi, c'est inévitable.

Jean-Sam réfléchit quelques instants, puis il dit :

— J'aimerais bien te dire que je n'ai pas peur de lui, mais je crois qu'il est assez dangereux le mec.

— Oui ! Il est assez dangereux, confirma

Isabelle en baissant les yeux. Puis elle les releva aussitôt et, jetant au loin un regard froid de défiance, elle ajouta : Mais il faut dire que sa réputation est un peu surfaite. Tu sais, si on enlève tous les ragots colportés sur lui et qu'on ne garde que la vérité, il n'est quand même pas aussi terrible qu'on le prétend. Mais je préfère que tu restes très méfiant face à lui. C'est un roi de la rue et, pour ça, il faut tout de même avoir une certaine force.

Jean-Sam prit encore quelques instants pour réfléchir. Il se sentait déjà fortement lié à Isabelle et cela lui plaisait beaucoup. Cette complicité lui donnait non seulement du courage, mais aussi une certaine sagesse.

— Écoute-moi bien Isabelle ! Je veux t'aider, ça c'est sûr. Comme tu dis, s'il s'aperçoit que toi et moi... enfin... s'il se rend compte de notre complicité (il aimait bien ce mot entre elle et lui), cela risque d'aggraver les choses. Mais s'il reste ignorant de tout, alors je serai en meilleure posture pour t'aider. Je vais me tenir un peu plus loin de toi à l'avenir, mais j'aurai toujours l'œil, j'te le jure. Ce qui m'inquiète, c'est de penser que les autres pourraient parler de nous deux au Pim.

— Personne ne parlera au Pim ! Et puis, tu sais, t'as pas besoin de jurer, Jean-Sam, lui répondit-elle. Moi aussi je t'aime beaucoup et jamais je ne te laisserai tomber. Mais j'avais peur que tu réagisses mal, par frustration, et que tu ajoutes au problème au lieu de m'aider. Je m'excuse de t'avoir mal jugé.

En entendant ces paroles, Jean-Sam se sentit comme un alpiniste, à la fois au sommet de la peur et de celui du bonheur. Mais il apprenait à contrôler ses émotions.

— Je vais aller au gymnase, lui dit-il. Il faut commencer dès maintenant à laisser croire à notre indifférence. Compte sur moi.

— Je n'en douterai plus jamais, lui dit-elle en lui prenant la main en cachette sous la table.

Jean-Sam regarda les yeux verts d'Isabelle et tout le reste disparut. L'adolescente eut un rire léger qui laissait entendre son soulagement d'avoir pu confier ses craintes à quelqu'un. Jean-Sam lui sourit et se leva de table. En allant retrouver les autres jeunes au gymnase, il avait l'impression d'être un géant. La différence entre lui et l'incroyable Hulk, c'était la couleur... et l'intelligence.

7

L'attaque du Pim

Jean-Sam revenait de l'école. Il avait été placé en « cheminement individualisé », et, contrairement à la plupart des autres jeunes du centre, il était assez doué pour les études. De fait, il avait passé une grande partie de la journée à aider les autres : cela lui permettait d'abord de reviser ses notions, ensuite de se rendre utile et finalement, d'acquérir une certaine popularité et de se faire rapidement de nouveaux amis. Il commençait donc sa première semaine en activité scolaire assez fier de lui-même et, somme toute, heureux de sa journée. Mais la soirée s'annonçait cependant fort différente.

En traversant le couloir pour se rendre à sa chambre, il se trouva nez à nez avec Le Pim. Il n'avait pas besoin qu'on le lui présente ; celui-ci correspondait tout à fait à la description qu'on lui en avait fait : l'air dur, costaud, avec des tatouages, mais surtout un regard terrifiant. Tout de suite après, il vit Isabelle tourner le coin et passer sans le regarder. Jean-Sam voyait bien dans les gestes nerveux qui animaient la jeune fille qu'elle n'était pas dans son assiette, mais alors là, pas du tout. L'esprit torturé par l'attitude farouche d'Isabelle, il entra dans sa chambre pour s'isoler et tenter de faire le point sur cette situation intolérable. Aveuglé par ses préoccupations, il n'avait pas remarqué Alain qui le suivait et était entré presque tout de suite après lui dans la petite pièce. L'éducateur referma la porte et fit face à Jean-Sam. L'adolescent lui tourna le dos pour fouiller dans sa commode. Il craignait les questions d'Alain à propos d'Isabelle ; il souhaitait son aide, mais sans rompre son secret avec la jeune fille.

— Arrête de fouiller dans tes tiroirs, la solution n'est pas là ! lança l'éducateur sur un ton autoritaire. Après une pause de quelques secondes, il dit sur un ton nettement plus doux : Quand t'es rentré tout à l'heure, tu rayonnais comme un gars heureux. Mais maintenant t'es aussi sombre qu'une nuit en enfer. Je sais que la présence de Sasseville gêne tout le monde, et Isabelle plus que tous les autres. Et toi aussi maintenant. Je veux que tu me dises pourquoi.

— Y a rien là, t'hallucines ! c'est tout ! répondit Jean-Sam sans se retourner.

Piqué au vif, l'éducateur s'avança d'un pas.

Son regard devint furieux et sa voix se fit encore plus autoritaire. Chacune de ses paroles se détachait comme un ordre.

— Là, mon p'tit Jean-Sam, tu vas te retourner, tu vas me regarder dans les yeux, et tu vas recommencer ta réponse tout de suite, compris ?

De toute évidence Alain n'avait pas prisé la réponse désinvolte de Jean-Sam et il n'avait surtout pas l'intention d'en rester là.

— Ça n'a rien à voir ! laissa tomber Jean-Sam en se retournant. C'est juste que la journée a été dure et que tout le monde est fatigué. C'est tout ! termina-t-il en soutenant difficilement le regard courroucé de l'éducateur.

— T'es donc bien pressé de mettre des « c'est tout » à la fin de chacune de tes phrases, remarqua Alain. C'est tout quoi ? C'est tout ce que tu sais, ou bien c'est tout ce que tu peux dire ? Ou bien encore, c'est tout ce que t'as envie de faire pour aider Isabelle ?

— T'es dans le champ total ! lui rétorqua Jean-Sam en montant le ton à son tour. Ça n'a rien à voir, ce que je t'ai dit, rien avec ce que tu penses.

— Ouais ! Mais qu'est-ce que c'est, ça... ce que je pense ?

— Tu charries ! Tu joues sur les mots pour

essayer de me faire dire des affaires qui n'ont aucun rapport!

— Écoute-moi bien, Jean-Samuel Gascon! lui dit Alain sur un ton encore plus ferme. Isabelle en a vu de toutes les couleurs dans sa vie, plus que toi et moi ensemble. Mais là, elle a peur et ce n'est sûrement pas pour rien. Le Pim... pardon... Stéphane Sasseville, ici, c'est juste un jeune parmi les autres. Il n'a aucun pouvoir. Sauf si vous autres vous lui donnez ce pouvoir en gardant le silence et en laissant la peur jouer en sa faveur.

Il fit une pause en regardant toujours Jean-Sam droit dans les yeux, puis il ajouta:

— Alors, déniaise-toi! Déballe ton sac, sinon on va rester coincés tous les trois, toi, moi et Isabelle, et Sasseville va se payer un vrai *party* en nous voyant seuls, chacun dans son coin avec sa peur.

Jean-Sam réfléchit quelques instants, puis il alla fermer la porte et fit signe à Alain de s'asseoir. Un peu plus tard, ils descendirent rejoindre les autres pour le souper.

— Transition terminée, annonça Alain. On commença à servir les jeunes, un à un selon la coutume.

— Je vous présente Stéphane Sasseville, dit Alain.

— Le Pim pour les intimes ! coupa sèchement Stéphane en parcourant l'assistance de son regard diabolique.

Il aurait pu jouer le rôle de Satan sans maquillage.

— Vous avez cinq secondes pour regarder le visage de notre nouveau résident, laissa tomber froidement Alain. Ensuite, Stéphane va prendre son plateau et il va monter sans discuter dans sa chambre pour la soirée. Tout le monde connaît la règle : pas de surnoms, surtout quand ils ont une connotation douteuse. À l'avenir, le simple mot « Pim » va coûter une soirée dans sa chambre à quiconque le prononce.

Le Pim fit le tour de la table du regard avec un sourire provocateur. Souléman lui opposa son traditionnel sourire moqueur tandis que le grand *skin* approchait de la table avec son assiette, insensible à ce qui se passait. Tous les autres baissèrent les yeux. Puis, le Pim se leva lentement et se retira. Tous se sentirent soulagés de ne plus avoir à partager leur espace avec le nouveau ce soir-là ; l'atmosphère devint particulièrement agréable et détendue. Plus tard, dans la soirée, Alain demanda à Isabelle de lui donner un coup de main pour ranger le matériel sportif dans le petit gymnase. Quand ils arrivèrent sur les lieux, Jean-Sam y était déjà.

— L'heure du caucus, annonça Alain. C'est fini de vous dérober tous les deux. Je veux savoir ce qui vous oppose à Sasseville, dans le détail et au complet.

— Je n'ai rien raconté... dit Jean-Sam à Isabelle, mais Alain lui coupa la parole.

— C'est clair comme de l'eau de roche, Isabelle, que t'es en conflit avec Sasseville, dit Alain. Jean-Sam n'a pas voulu me dire pourquoi, alors toi tu vas le faire.

Un peu hésitante, Isabelle déballa tout de même son histoire de dénonciation. Alain comprit tout de suite que, ne serait-ce que pour sa réputation, Le Pim se devait de faire payer ce geste à Isabelle. Tous trois convinrent d'un plan : chaque jour, Isabelle et Jean-Sam devaient rendre compte à un éducateur de leur relation avec Stéphane Sasseville. Comme ça, au moindre signe de menace de ce dernier, il y aurait intervention.

Sans l'avouer, Alain espérait faire d'une pierre deux coups : empêcher toute altercation entre Le Pim et Isabelle tout en constituant un dossier justifiant le transfert de Sasseville dans un centre d'accueil mieux adapté à son cas.

Dans sa chambre, pendant ce temps-là, Le Pim s'apprêtait à se coucher. Il regarda le poster d'une Harley Davidson qui en ornait le mur et se dit tout bas :

— Isabelle, belle Isabelle, j'ai passé huit mois sans baiser une fille à cause de toi, mais tu peux arranger ça.

Puis, malgré le règlement, il frotta une allumette pour satisfaire son envie de fumer. L'odeur du soufre lui plut, et il pensa qu'il était fait pour l'enfer.

8

La correction

Depuis maintenant deux semaines que Sasseville (dont chacun évitait avec soin de prononcer le surnom) habitait au centre, et rien ne l'avait encore opposé à qui que ce soit : ni aux jeunes ni aux éducateurs. Tout le monde l'appelait par son nom de famille, Sasseville, comme si c'était une façon pour Le Pim d'éviter de se plier aux exigences des éducateurs en ne se faisant pas appeler Stéphane, mais aussi une manière pour les autres jeunes de garder une certaine distance en évitant toute familiarité avec ce gars un peu tordu. Sasseville semblait conscient qu'il était particulièrement surveillé relativement aux contacts qu'il pourrait avoir avec Isabelle. C'est pourquoi il s'en tenait juste assez loin pour ne pas éveiller les soupçons, mais pas trop loin non plus pour avoir toujours la jeune fille rousse à l'œil, comme le prédateur qui rôde autour de sa proie en attendant le moment propice.

Ce soir-là, en se retrouvant seul après avoir

fermé la porte de sa chambre, Le Pim eut un sourire presque satanique. Il chercha sous son lit un sac à dos contenant tout son matériel de fugueur, puis il tira l'objet essentiel à sa vengeance : un couteau de cuisine qu'il avait trouvé dans le local des professeurs, alors qu'il était sorti en activité scolaire. Il avait pris bien soin d'en affiler la lame sur une sangle de cuir. Tout était prévu pour le lendemain, alors que tout le monde serait en classe ou au gymnase et que lui était dispensé des deux. Il savait qu'Isabelle resterait au centre pour une rencontre avec son agent de relations humaines, et c'est au moment précis où elle sortirait du gymnase, seule, pour aller se changer, qu'il avait prévu assouvir son besoin de vengeance et quelques autres besoins en même temps. Ensuite, il fuguerait et retrouverait sa liberté. À cette pensée, son regard maléfique s'illumina. Il se dit : « T'es l'enfer mon Pim, t'es le prince des ténèbres ! »

Le lendemain matin, le rendez-vous d'Isabelle était prévu pour onze heures. Le Pim sortit du gymnase à dix heures cinquante-cinq pour se rendre aux toilettes. Mais il passa auparavant à la salle de lavage, là où il avait caché son sac à dos contenant tout ce qui était nécessaire pour fuir. Il l'y avait mis alors que tous les pensionnaires allaient et venaient des douches à leurs chambres. Il redescendit, cacha son sac sous l'escalier et se plaqua contre le mur, son couteau à la main, pour attendre Isabelle et la surprendre avant qu'elle ne le voie. Juste à côté, il y avait une salle de bains, et c'est là qu'il ferait son affaire à Isabelle. Belle Isabelle.

Il entendit la porte du gymnase s'ouvrir et se refermer dans un claquement sec, puis le crissement des espadrilles sur le linoléum. Alors qu'Isabelle tournait le coin du couloir pour monter à sa chambre, Le Pim la saisit et lui plaqua le couteau sur la gorge ; puis il l'entraîna brusquement dans la salle de bains et referma la porte. Il la colla au mur en maintenant toujours le couteau tranchant sur sa gorge.

— Salut ma beauté ! dit-il d'un ton démoniaque. Ça fait des mois que j'ai pas baisé à cause de toi, tu me dois bien ça.

Et il entreprit de baisser le pantalon de jogging d'Isabelle, puis le sien.

Mais Isabelle avait été à la dure école et elle avait appris la défense la plus efficace. Aussi, elle ne céda pas à la panique et ne baissa pas le regard. Au contraire, elle planta ses yeux verts dans ceux du Pim. Elle lui dit d'une voix sèche :

— T'es laid Sasseville ! C'est pas que j'aime pas baiser, c'est que t'es laid comme ça devrait être interdit.

— La ferme ! lui dit-il. LA FERME !

— O.K. ! j'vais me taire, lui dit-elle essouf-flée pendant que le Pim l'empoignait par les cheveux. Parce que j'ai bien peur que si je t'énerve trop... tu ne seras même pas capable. Tu sais, le seul moment agréable à baiser avec toi, c'est quand ça finit. Alors, je ne voudrais surtout pas que ça soit long avant que ça finisse.

Le Pim devint véritablement enragé, il cria à Isabelle (Souléman, dans le gymnase, l'enten-dit et avertit François) :

— TU FERMES TA GUEULE SALOPE OU JE TE COUPE LA LANGUE !

— C'est bien la seule façon que tu pourrais me faire quelque chose parce que, pour ce qui est de ton petit sexe, j'pense qu'il a flanché.

Le Pim n'en pouvait plus de la voir si arro-gante, froide et si hautaine malgré toutes ses menaces. Isabelle savait alors qu'il serait inca-pable de la violer. Mais le danger n'en était pas moins grand. Il pouvait encore la blesser avec le couteau pour défouler sa frustration. Et c'est ce qu'il entreprit de faire.

— Je vais te faire payer tout ce que tu me dois ! grogna-t-il en la rudoyant. Il fit passer le couteau de sa main droite à sa main gauche. Isabelle sut, alors, que c'était le moment. Elle lui remonta un coup de genou dans les parties avec toute la force qu'elle pouvait y mettre et aussi beaucoup de cœur. Le couteau tomba. La figure du Pim était saisie d'un vilain spasme. Puis un souffle douloureux sortit de la poitrine de l'agresseur, comme s'il avait reçu un deuxième coup. Effectivement, Isabelle venait de lui assèner un deuxième coup de genou dans l'entrejambe. Le Pim tomba à genoux, les deux mains plaquées contre son sexe, puis il versa sur le côté en grimaçant de douleur au moment même où François entrait en trombe dans la salle de bains

— Quelqu'un a...

Il allait ajouter « crié ». Mais, en baissant les yeux, il aperçut Le Pim, allongé par terre, le souffle court et le visage convulsé, le pantalon baissé et les mains rivées à son sexe. Puis en relevant ensuite un regard incrédule, il vit Isabelle, encore plaquée contre le mur, ajustant son pantalon et regardant toujours froidement l'agresseur devenu victime.

François, après avoir fait disparaître le couteau, entreprit de relever Le Pim. Il y allait doucement tellement ce dernier avait l'air mal en point. Il regarda Isabelle et lui demanda : « Ça va ? » Ce à quoi elle répondit d'un signe de tête affirmatif. Quand ils sortirent tous les trois de la salle de bains, François tenait Le Pim presque incapable de marcher et blanc comme un mort, et Isabelle les suivait mine de rien. Souléman, qui était arrivé immédiatement derrière François, éberlué de voir le Pim dans un état aussi lamentable, demanda à Isabelle :

— Mais qu'est-ce que tu lui as fait ?

Surprise de se voir poser une question que l'on adresse habituellement à l'agresseur, elle se surprit encore plus elle-même en jouant ce rôle. Elle dit d'un ton dur :

— Je le trouvais beau mec... je me le suis tapé !

Mais, aussitôt que le choc émotif commença à passer, Isabelle fut prise d'une terrible envie de s'enfuir de cet endroit. Elle n'eut plus qu'une idée : se retrouver seule dans sa chambre. Elle se précipita dans l'escalier. Elle sentit la peur remonter en elle au même rythme qu'elle grimpait l'escalier. En pénétrant dans sa chambre, elle eut l'impression que le monde basculait et que les murs se refermaient sur elle. Elle s'écroula par terre et sentit une terreur monter de son ventre, une impression atroce et d'une force telle que son esprit semblait crier en elle. Maryse arriva aussitôt et referma la porte. Elles passèrent plus d'une demi-heure ensemble. Quand Maryse ressortit, elle avait les yeux tout rougis d'avoir pleuré. En croisant le regard de François, qui avait bien hâte de savoir comment Isabelle se portait, Maryse lui dit simplement que ça irait. Puis elle ajouta, avec difficulté à cause de l'émotion :

— C'est dur. Ça lui fait mal. Toute l'atrocité qu'elle a vécue avec l'histoire de son beau-père refait surface. Mais elle identifie bien sa douleur... ça va aller. Je crois que ce fâcheux événement va lui permettre de franchir le dernier pas pour bien assimiler son histoire. Elle connaît ses émotions et elle est prête à les vivre. C'est bon, mais ça fait aussi mal que c'est bon. Apporte-nous deux plateaux, on va dîner ensemble dans sa chambre, si tu veux.

Mais, au même moment, Isabelle sortait de sa chambre. Elle aussi avait les yeux très rouges et enflés d'avoir pleuré.

— Je veux aller dîner avec les autres. C'est correct. Je pense que c'est passé maintenant.

Ils descendirent tous les trois à la cuisine pour le repas du midi. Il y régnait un silence étrange. Les adolescents qui revenaient de classe, dont Jean-Sam, avaient été mis au courant par les autres des événements de l'avant-midi. Quand Isabelle se dirigea vers la table, les garçons firent mine de se ranger craintivement. Elle les regarda sans trop comprendre puis, quand ils prirent tous un air encore plus apeuré alors qu'elle s'asseyait, elle saisit la blague et leur dit d'un ton dur :

— Vous vous tassez, sinon je vous sonne les grelots vous autres aussi !

Tous se mirent à rire, mais personne ne fit de commentaires. C'est Maryse qui prit la parole.

— Bon, on va laisser faire la transition. J'ai pas besoin de vous expliquer la gravité de ce qui s'est passé ce matin. Les filles, ce soir on va se retrouver ensemble. C'est rare qu'on soit juste des filles et c'est entre nous qu'on va revoir comment c'est arrivé et, ce qui est important, on va connaître quelle aurait été votre réaction dans un cas pareil. Je dis votre réaction parce que ce qui est arrivé à Isabelle peut arriver à n'importe laquelle d'entre vous. On va dédramatiser tout ça en écoutant Isabelle et en parlant avec elle.

Maryse poursuivit :

— Pour ce qui est de Stéphane Sasseville, le centre portera plainte contre lui pour agression à caractère sexuel et menace avec une arme prohibée contre une personne mineure. En attendant, il restera confiné dans la chambre d'isolement et il ne sortira sur le « plancher » que seul et sous surveillance d'un éducateur. Il sera transféré demain en détention préventive. Avez-vous des questions ?

Mais personne n'avait plus envie d'entendre parler du Pim. Souléman se permit de dérider l'atmosphère avec une blague.

— Vous pouvez le laisser libre parce que, de toute façon, il ne doit pas se déplacer bien vite. Il doit marcher comme un gars qui fait de la raquette sur l'asphalte, dit-il encore en riant en s'approchant de la table avec son assiette, les jambes exagérément écartées. Tous les jeunes prenaient un malin plaisir à se moquer de celui qui les avait longtemps terrorisés.

— S'il vous plaît ! intervint François, qui revenait de la chambre d'isolement où il était allé porter son souper à Sasseville. Dédramatiser l'affaire ça va, mais en faire une farce, ça non ! Ça se termine quand même assez bien, mais n'oubliez jamais que des histoires comme celle-là, ça arrive malheureusement souvent et que, parfois, ça finit très mal.

Isabelle prit ensuite la parole. Tous se turent immédiatement.

— Dans le fond, c'est triste pour tout le monde. C'est aussi triste pour lui que pour moi. Je me dis en même temps qu'il faut l'oublier mais ne jamais arrêter d'y penser. Je me dis aussi qu'il faut en rire mais que c'est grave en maudit. Je suis mêlée. C'est bon qu'on ait réussi à rire. Ça me fait du bien en tout cas. Mais là, j'aimerais qu'on essaie de penser à autre chose et qu'on garde nos commentaires pour plus tard dans la soirée, quand on fera notre rencontre de groupe.

Tous acquiescèrent et, graduellement, on passa à d'autres sujets de conversation.

Le dîner se déroula selon la coutume, mais dans un calme tout de même inhabituel, comme si, tout à coup, tous étaient plus vieux, plus sérieux. Annie regardait Isabelle avec une étincelle de fierté dans les yeux : elle avait battu Le Pim et elle était SON amie, elle partageait SA chambre. Annie se sentait fière d'être là, à côté d'Isabelle, tellement que, lorsque Isabelle lui demanda de lui passer le sel, elle le lui tendit avec un sourire et une célérité digne d'un prestidigitateur ; ce qui fit sourire Isabelle qui lisait dans les yeux d'Annie : « T'es mon amie à moi ! »

Jean-Sam aussi regardait Isabelle, mais celle-ci semblait l'ignorer. Puis elle tourna enfin son regard vers lui. Il était quand même très inquiet. Elle baissa les yeux, prit un haricot avec sa fourchette et le lui lança à la figure. Plusieurs, dont Annie évidemment, avaient remarqué son geste, mais aucun ne fit mine de l'avoir vu. Isabelle regarda encore Jean-Sam et lui sourit. Ce sourire entra dans son cœur comme une flèche et il eut soudain l'impression qu'un ange invisible lui enlevait un poids de cent kilos des épaules.

9

Sylvain

Jean-Sam vivait au centre depuis maintenant trois mois et les choses allaient plutôt bien. L'affaire du Pim n'était déjà plus qu'une vieille histoire presque oubliée et aucun autre événement grave n'avait marqué le défilé des jours du rude hiver. Jean-Sam ne pouvait évidemment pas encore sortir vraiment avec Isabelle, mais ce n'était plus qu'une question de temps. Isabelle et lui n'avaient qu'à être patients. Quand l'avenir est prometteur, il est facile d'être heureux. Isabelle aussi profitait des jours qui passaient avec la douce certitude que l'avenir lui souriait. Le dernier jeudi matin de mars s'annonçait semblable aux autres matins, jusqu'à ce que...

— Isabelle! IIISAAAAABEEEELLE!

C'était Josée, l'une des pensionnaires du centre qui avait la vilaine habitude de crier lorsque quelque chose la surprenait. Elle montait les marches quatre à quatre pour se rendre à la chambre d'Isabelle. Jean-Sam put entendre dans le couloir ce qui se disait. Josée parlait fort et d'une voix très enjouée, comme porteuse d'une nouvelle à la fois inattendue et heureuse.

— On a un nouveau que tu connais bien et que tu n'as pas vu depuis longtemps...

— Et qui ça ? demanda Isabelle d'une voix beaucoup moins audible.

— Je te laisse deviner, dit Josée. T'as trois chances.

— SYLVAIN ! dit Isabelle, cette fois aussi fort que Josée.

— OUI MADAME ! reprit Josée toujours aussi fort et sur le même ton réjoui.

Presque au même moment, Jean-Sam entendit le vacarme que faisaient les deux filles qui dévalaient l'escalier en riant aux éclats.

Les deux filles étaient maintenant disparues, mais Jean-Sam entendait encore l'écho de leur joie réciproque se répercuter sur les murs et dans sa tête. Son cœur se resserra et son esprit se remplit d'une espèce de brouillard. « Qui est ce Sylvain ? » se demanda-t-il. Il n'osa pas descendre immédiatement derrière les filles. Il attendit donc quelques minutes. Quand il arriva lui aussi en bas, il vit Isabelle au salon, assise avec un gars. Elle lui parlait avec beaucoup d'excitation en lui tenant la main. Du coup, il fut choqué. Il était interdit aux jeunes de se toucher dans l'établissement, mais voilà qu'Isabelle prenait la main du nouveau devant Maryse et Josée. Non seulement l'éducatrice n'intervenait pas, mais elle semblait même partager l'enthousiasme de Josée de les voir ensemble. Jean-Sam fut piqué au vif de voir qu'on accordait au nouveau des privilèges refusés à tous les autres jeunes et, par surcroît, avec celle qu'il considérait comme faisant partie de sa vie.

Furieux, il décida de regagner sa chambre. Il avait le sentiment de se faire avoir comme un imbécile. En montant, il avait dû s'écraser contre le mur pour éviter Annie qui descendait l'escalier comme un bolide. Il l'entendit s'exclamer en arrivant en bas:

— Hé! Sylvaiiiin!

Jean-Sam entra dans sa chambre, claqua la porte et se jeta sur son lit. Il regarda son poster d'Axel Rose en se disant que lui ne devait pas se faire avoir par les filles, qu'il fallait être comme lui et les faire *triper* toutes... et s'en foutre royalement. Sylvain. Ouais! Le genre beau bonhomme avec ses cheveux longs bouclés et un *look* à poser pour des publicités de jeans. « Et puis qui c'est ce gars-là? » se demanda-t-il avec rage en lançant son oreiller contre le mur. Un amoureux dont elle avait oublié de lui parler! Décidément, il l'énervait le nouveau!

À l'heure du souper, il redescendit de mauvais poil.

— Transition ! annonça Maryse.

Ensuite, alors que les jeunes se jetaient sur le traditionnel rôti de bœuf du jeudi soir, Maryse reprit l'animation de ce début de soirée qui s'annonçait à la fois dynamique et agréable pour tout le monde. Sauf pour Jean-Sam qui boudait.

— Je vous présente notre nouveau, le beau Sylvain, lança Maryse sur un ton joyeux.

Tous se mirent à rire.

— Le beau Sylvain qui fait des belles gaffes, dit Annie avec un regard enjôleur, ce qui encore une fois déclencha l'hilarité des convives.

Sylvain balaya l'assistance du regard avec l'air heureux de quelqu'un qui retrouve de vieux amis perdus de vue. Il les regardait à la fois comme des gens qu'il connaissait bien pour avoir vécu avec eux, mais aussi comme des gens nouveaux puisqu'il ne les avait pas vus depuis un bon moment. Et il y avait aussi des nouveaux, comme ce Jean-Samuel qui le regardait de travers, l'air bougon. La seule déception de Sylvain était de revoir Adolphe junior, le grand *skin head*, cette tête d'œuf qui ne parlait à personne, comme s'ils étaient tous du menu fretin et qu'il avait trop de classe pour daigner leur adresser la parole.

Sylvain était, comme le dit l'expression anglaise en milieu de rééducation, en *back-up* : c'est-à-dire qu'il avait été renvoyé au centre d'accueil pour ne pas avoir respecté un couvre-feu que lui avaient imposé ses parents. Qui plus est, il était rentré soûl.

— Je ne vous raconterai pas comment Sylvain a fait pour arriver ici, dit Maryse. Je pense que vous le savez tous. Ce que vous devez savoir, c'est que pendant deux mois il n'aura pas de privilège de sorties, mais qu'à compter de la mi-juin (elle sourit), il aura droit à ce privilège si difficile à obtenir pour lui ! Tous se mirent à rire et les conversations commencèrent.

— Hé ! Sylvain ! lança Annie, on a de nouvelles assiettes incassables !

—Hé ! Sylvain ! ajouta Josée, il n'y a plus de tapis dans le passage !

— Hé ! Sylvain ! renchérit Isabelle, on a un nouveau téléviseur !

Sylvain, le spécialiste de la gaffe, qui cassait au moins une assiette chaque fois qu'il vidait le lave-vaisselle, qui se prenait les pieds dans le tapis en montant avec sa collation, qui jetait le téléviseur par terre en tentant de brancher le vidéo. Et c'est pourquoi il avait tant de difficultés à obtenir ses privilèges de sorties. Les éducateurs savaient bien qu'il ne causait aucune de ces catastrophes volontairement, mais vu leur nombre, il fallait intervenir afin qu'il apprenne à faire attention au matériel. Dans son cahier de bord, au chapitre « soin du matériel », Sylvain avait une cote de moins vingt-quatre, alors que les moins n'existaient même pas !

Pour le reste, Sylvain était presque parfait. Dans les quatre premières rubriques de son cahier de bord : écoute à l'intervention, propreté, respect des autres et tenue de sa chambre, le total de ses évaluations hebdomadaires l'aurait placé bon premier. Cependant, au chapitre du respect du code de vie commune, sa nonchalance lui coûtait parfois beaucoup de points, et son évaluation globale tombait en chute libre à la rubrique respect du matériel où ses maladresses lui valaient un illustre zéro.

Le nouveau était tout de même un peu trop parfait au goût de Jean-Sam. Ce qui l'irritait surtout, sans qu'il se l'avoue franchement, c'était l'immense popularité de Sylvain au sein du groupe de jeunes et chez les filles, plus particulièrement auprès d'Isabelle.

De toute la soirée, il n'y eut qu'au cours de la projection du film que l'attention dériva quelque peu de Sylvain, et encore, Jean-Sam remarqua les multiples coups d'œil d'Annie dans sa direction. Mais il nota surtout les regards complices qu'échangeaient Isabelle et le beau Sylvain. Tout cela le rendait de plus en plus furieux.

Une fois le film terminé et les tâches accomplies, Jean-Sam monta dans sa chambre sans un regard pour personne, surtout pas pour Isabelle. Alors qu'il était allongé sur son lit et regardait une bande dessinée sans même la lire, et peut-être même sans la voir, Isabelle apparut dans l'embrasure de sa porte.

— Je croyais que tu dormais, lui dit-elle.

— J'allais me coucher, lui répondit-il sans même la regarder.

— Tu serais pas un peu jaloux ? lui lança-t-elle en s'approchant.

— Moi jaloux ! hein ! jaloux de qui ?

Du coup, le ton de la voix d'Isabelle monta et devint autoritaire.

— Tu veux savoir si Sylvain a déjà été mon *chum*. Oui ! Il a déjà été mon *chum*. Tu veux savoir si je l'aime encore ? Oui aussi ! Je l'aime encore. Tu veux savoir comment il compte pour moi ? (Du coup, sa voix se cassa et devint très faible.) Ce gars-là c'est comme le milieu du monde pour moi.

Tristement, elle s'en retourna lentement vers sa chambre.

Jean-Sam se releva pour fermer sa porte. Mais il ne put s'empêcher de jeter un dernier coup d'œil sur Isabelle qui marchait en traînant les pieds le long du corridor menant à la chambre qu'elle partageait avec Annie. Quand elle fut disparue, il referma sa porte. Une boule d'émotions qu'il aurait eu envie de vomir restait coincée dans sa gorge. Il s'endormit en pleurant silencieusement.

En s'éveillant le lendemain, il eut tout de suite l'impression qu'on lui avait tordu le cœur pour en extraire la dernière goutte de sang. Comme si son chagrin s'était réveillé juste avant lui pour gâcher sa journée. Au déjeuner, il ne regarda pas Isabelle. Au dîner, Isabelle ne le regarda pas. Et au souper, ils s'ignorèrent tous deux comme de parfaits étrangers. Alors que quelques jeunes allaient au gymnase et les autres en promenade, Alain demanda à Jean-Sam de le suivre dans le bureau; l'adolescent s'exécuta en traînant les pieds comme si c'était la pire des corvées.

Une fois là, Alain ferma la porte et s'assit au bureau des éducateurs.

— T'es en train de perdre ta blonde, lança-t-il.

Jean-Sam voulut lui répondre d'aller se

faire foutre, mais il avait trop de peine à réprimer ses larmes.

— Toutes mes félicitations! ironisa-t-il. Tu fais tout ce qu'il faut pour la perdre en te comportant comme un idiot.

L'éducateur scruta les réactions de Jean-Sam quelques secondes, puis il poursuivit son investigation.

— Ne blâme surtout pas Sylvain pour tes problèmes avec Isabelle. T'es en train de tout ficher en l'air toi-même et sans aucune raison. T'es jaloux à t'en rendre malade, mon Jean-Sam, va falloir voir à ça!

Il n'eut pas le temps de poursuivre que Jean-Sam éclata.

— Comment ça jaloux? Moi jaloux! Moi! Mais c'est le comble! dit-il en bondissant sur ses pieds. Ce gars-là arrive, comme ça, et du jour au lendemain c'est comme si je n'existais plus! Non mais, quand même! Toi qui es si fin, dis-moi donc ce que tu ferais à ma place.

— J'essaierais de savoir qui est le gars en question, répondit Alain. Sais-tu qui est Sylvain? Arrange-toi donc pour le savoir p'tit con avant de le juger, fit-il.

Après quelques secondes de réflexion, Alain ajouta: Essaie donc de parler au lieu de te sauver tout le temps, ouvre-toi un peu, espèce d'huître. Maintenant, sors du bureau et change d'air ou je t'envoie dans ta chambre pour la soirée !

Jean-Sam ressortit du bureau des éducateurs encore plus tourmenté qu'avant. Il n'avait pas envie de savoir qui était « le beau » Sylvain. Peut-être avait-il peur de le savoir. Un peu plus tard, le tourment l'emportant sur la rage, il alla retrouver Isabelle dans la salle de lavage.

— Alain t'a parlé, lui dit-elle froidement.

— Il m'a dit que j'étais un con, répondit Jean-Sam.

— Il sait toujours à qui il a affaire, répondit-elle en continuant sa tâche avec des gestes brusques.

— Ça me fait mal ! avoua Jean-Sam en se retournant pour qu'elle ne voie pas son visage défait.

10

Isabelle et Sylvain

Avant le couvre-feu, pendant que tous se préparaient pour la nuit, Isabelle alla rejoindre Jean-Sam dans sa chambre avec la permission spéciale d'Alain. Elle s'assit à côté de lui sans le regarder et commença à lui raconter son histoire avec Sylvain.

— Tu sais que j'ai fugué de chez moi à cause des problèmes sexuels de mon beau-père. Mais il ne m'a pas violée, enfin pas lui-même, parce que son truc à lui c'était le voyeurisme. Il se cachait pour m'espionner quand je me déshabillais dans la salle de bains ou dans ma chambre. Je n'étais même pas certaine, quand je m'apercevais de sa présence, s'il le faisait exprès ou non. Peut-être que j'aimais mieux penser que c'est par erreur qu'il entrait dans ma chambre ou dans la salle de bains au mauvais moment.

« Sylvain et moi, on allait tous les deux à la polyvalente. Ça faisait presque trois mois qu'on sortait ensemble quand, un soir, mon beau-père me dit que je pouvais inviter Sylvain à venir passer la soirée à la maison, parce qu'il allait rentrer tard et qu'il préférait que je ne reste pas seule. Je trouvais un peu bizarre qu'il insiste tellement pour que j'appelle Sylvain ; mais justement, parce qu'il me faisait un peu peur, j'ai préféré appeler Sylvain. Mon beau-père est finalement parti en disant plusieurs fois qu'il ne rentrerait pas avant minuit. Durant la soirée, Sylvain et moi on s'est embrassés, comme on le faisait souvent. Mais on n'avait jamais fait l'amour ensemble. On était vierges tous les deux. Tout à coup, mon beau-père est arrivé par le sous-sol. Il avait l'air bizarre, dangereux. Il avait une caméra vidéo dans une main et un pistolet dans l'autre. Ça s'est passé tellement bizarrement...

Isabelle s'arrêta en fixant le plancher, comme si elle-même n'arrivait plus à croire à cette histoire. Après quelques instants de silence, que Jean-Sam n'osa pas briser malgré son impatience de connaître la suite, Isabelle reprit son souffle et, comme quelqu'un qui saute à l'eau, dit :

— Il a accusé Sylvain d'avoir abusé de moi et il a dit qu'il présenterait la preuve visuelle au tribunal. Je le vois encore placer sa caméra sur un trépied en menaçant Sylvain de son arme.

Ensuite, il m'a obligée à me déshabiller, et Sylvain aussi. Puis il nous a forcés à faire ce dont il nous accusait. Il était fou.

Cela désespérait Jean-Sam de voir Isabelle aussi angoissée alors qu'elle se remémorait ces moments odieux. Il se sentait au plus mal de l'avoir obligée à revivre mentalement le souvenir de cette aventure abjecte à cause de sa jalousie.

Isabelle poursuivit :

— Quand il en a eu assez, il a dit à Sylvain que, s'il parlait, il le tuerait et qu'il me tuerait aussi. Il est finalement reparti par où il était arrivé, après avoir mis Sylvain à la porte. Sylvain est revenu en cachette, presque tout de suite après, avec tout ce qu'il fallait pour se sauver. C'est comme ça que j'ai fugué. On a bien essayé de s'embrasser ensuite mais, quand on se regardait, c'était pas l'amour qui montait, c'était la tristesse. Alors on s'est dit que ça ne pourrait plus jamais être autrement, que l'amour, pour lui et moi, c'était cassé. Mais, une fois qu'on a passé par-dessus la peine que ça nous faisait, on est devenus des amis inséparables : à la vie à la mort.

Elle ajouta :

— Tu sais Jean-Sam, à part cette fois-là, j'ai jamais fait l'amour. Et je ne suis vraiment pas sûre que j'en aurai envie quand ça se présentera. Mais il y a une chose qu'il faut que tu te souviennes : c'est que jamais je ne laisserai tomber Sylvain pour toi ou pour n'importe qui parce que c'est plus que de l'amité que j'ai pour ce gars-là. Je l'aimerai toujours et c'est, je pense, la seule chose dont je sois certaine dans la vie.

Encore une fois, Isabelle fit une pause. Mais, quelques secondes plus tard, c'est un sourire en coin et un air malicieux qui vinrent éclairer son visage. Elle se releva alors promptement, comme quelqu'un qui sortirait brusquement d'un rêve, se montra soudain très enjouée.

Elle dit sur un ton rieur :

— Tu sais, si Sylvain redevenait mon *chum*, le pire ce ne serait pas pour toi, mais pour quelqu'un d'autre !

— Et qui ça ? demanda Jean-Sam, surpris et heureux de revoir Isabelle maintenant de bonne humeur.

— T'as pas remarqué ? Pourtant, ça se verrait en pleine noirceur.

— Annie ! dit-il.

— Dix sur dix ! répondit Isabelle en exécutant un petit pas de danse.

À son tour, Jean-Sam se leva de son lit et dit :

— Ils iraient bien ensemble : Annie est *straight* à l'os et disciplinée comme une militaire, ça pourrait compenser le côté gaffeur de Sylvain. Puis il cessa de parler et tous deux gardèrent le silence quelques instants.

— Nous deux... ça va ? demanda Jean-Sam sur un ton très bas et avec douceur.

— Oui, nous deux... ça va ! répondit l'adolescente, comme si cette réponse venait mettre le point final à un épisode de sa vie.

Elle s'approcha de son amoureux, passa ses bras autour de son cou et l'embrassa sur la joue en se serrant très fort contre lui.

— J'espère que t'es pas trop pressé, lui dit-elle en plantant ses grands yeux verts dans les siens.

— Non, non, lui répondit-il en répétant la négation, comme il le faisait toujours quand il était nerveux.

Elle eut un rire bref comme ceux qui faisaient éclater de bonheur le cœur de Jean-Sam. Sans desserrer son étreinte, elle le regarda longuement et l'embrassa cette fois sur la bouche. Puis elle laissa lentement descendre ses bras autour de lui, sans cesser de le regarder dans les yeux.

— Je pense que je t'aime.

Jean-Sam planait. Le goût de la bouche

d'Isabelle le prenait tout entier et la chaleur de son corps le faisait encore frissonner quand il s'entendit lui dire :

— Moi aussi.

Jean-Samuel Gascon était heureux ! HEU-REUX ! HEUREUX !

11

L'amorce du retour

En revenant de l'école, à midi, Jean-Sam fut frappé par la chaleur du soleil printanier. La neige fondante dégoulinait des toits et les canalisations avalaient goulûment l'eau des rigoles qui se formaient. Jean-Sam sentit le bonheur et la joie de vivre pénétrer par chacun des pores de sa peau. L'air se chargeait des odeurs de la terre que l'on voyait apparaître à travers la glace. Jean-Sam se dit qu'il était chanceux d'être simplement vivant, ici et maintenant.

Sa mère venait le voir chaque semaine depuis qu'il était au centre. Elle lui apportait quelques gâteries, lui faisait part des choses qui, lentement mais sûrement, changeaient dans sa vie. Elle avait tout de suite aimé Isabelle quand Jean-Sam la lui avait présentée et appréciait particulièrement les relations qu'elle-même entretenait avec Alain, l'éducateur de son fils. La femme s'était quelque peu inquiétée en apercevant le grand *skin head* au crâne tatoué, mais Jean-Sam l'avait rassurée en lui disant que ce type n'adressait la parole à personne. Elle parlait rarement à Jean-Sam de son père. Elle lui avait tout juste confié qu'il était en thérapie pour corriger ses problèmes d'alcool et d'agressivité, et qu'il lui faudrait du temps, et surtout des preuves de changement, avant qu'elle le laisse réintégrer le domicile familial.

Ce jour-là, sa mère fut bien heureuse de voir Jean-Sam de si belle humeur. Après avoir salué Isabelle, ils se retrouvèrent dans la chambre de Jean-Sam. Sa mère s'assit sur le lit et fit signe à son fils d'en faire autant. Elle attaqua sans détour le sujet qui lui tenait à cœur.

— Ça fait maintenant trois mois que ton père a cessé de boire, dit-elle tout en scrutant le visage de son fils pour voir sa réaction.

— Ça faisait trente ans qu'il buvait ! rétorqua Jean-Sam pour signifier que cette petite période d'abstinence ne l'impressionnait guère.

— Là-dessus, il faut bien que je te donne un peu raison : ça ne prouve pas grand-chose, ajouta-t-elle. Ça nous prouve seulement qu'il a trouvé le bon chemin, mais à savoir s'il saura le suivre... seul le temps pourra nous le dire et trois petits mois d'abstinence, ce n'est pas la preuve la plus convaincante du monde.

Un silence suivit ce court échange. La mère

se leva. Elle fit quelques pas dans la chambre en semblant inspecter le petit univers de son fils. Elle prit un cahier d'école de Jean-Sam et l'ouvrit; mais elle ne lisait pas, elle se donnait du temps pour réfléchir à la façon d'annoncer ses intentions à son fils. Jean-Sam sentait que quelque chose d'important allait suivre.

— Et l'abstinence n'est qu'une des deux conditions pour que je lui permette de revenir, ajouta-t-elle en se retournant vers Jean-Sam.

— C'est quoi l'autre? demanda Jean-Sam.

— Qu'il répare toutes les erreurs qu'il a commises envers toi.

Là-dessus, Jean-Sam courba le dos, ses épaules semblèrent tomber comme si un poids énorme venait d'y être déposé. Sa mère poursuivit:

— Vous êtes liés pour toujours et même si tu essaies de te sauver, il y aura toujours comme un fil invisible entre vous deux. Un père ça ne se remplace pas et, positivement ou négativement, son influence va toujours peser sur ta vie. Tu aimes Isabelle, Jean-Sam; peut-être qu'un jour tu voudras des enfants avec elle. C'est surtout pour ça qu'il faut que tu fasses l'effort de parler à ton père. Sinon, le froid qui restera entre vous deux risque d'influencer tes relations avec tes propres enfants plus tard. Tu sais, quand on n'agit pas selon nos propres idées, on fait parfois les choses bizarrement. Et si tu ne règles pas tes conflits avec ton père, ce n'est pas selon ta façon que tu agiras avec tes enfants, mais en réaction à ce que tu as détesté de ton père. Comment seras-tu avec tes enfants ? Aussi autoritaire que ton père l'a été ? Ou bien vas-tu tout leur permettre pour ne pas être comme lui ?

« Ça, c'est une chose. C'est important. Mais il y a autre chose aussi. Il y a surtout quelqu'un qui a encore plus besoin de toi qu'Isabelle, plus que moi, et qui s'appelle Jean-Pierre Gascon. Tu sais, quand j'ai connu ton père, nous avions à peine vingt ans et je l'ai aimé au premier regard. Tu peux me rendre le plus beau service qui soit, Jean-Sam, en allant chercher l'homme de ma vie au fond de l'enfer où il s'est enfermé. Il cogne à la porte. Je te demande juste de lui ouvrir la porte et de lui laisser un peu de temps pour parler. Il t'appartiendra ensuite de décider si oui ou non tu acceptes de vivre encore avec lui. Ma décision est liée à la tienne. »

Quand sa mère fut repartie, Jean-Sam passa le reste de l'heure du dîner à traîner en faisant des ronds et des huit sur le plancher, comme pour tracer le chemin fictif d'un retour sur lui-même. Il avait très peu mangé. Quelque chose se passait en lui, sans qu'il sache trop ce que c'était. Il avait l'impression de revivre ce fameux soir de janvier où il avait fui. Sauf que cette fois, il se voyait revenir à la maison. Le passé lui apparaissait comme un boulet lourd à traîner.

Quand il reprit le chemin de l'école, le soleil et la bonne humeur des autres suffirent à lui remonter le moral. C'est alors qu'il se dit qu'il reverrait son père et que ça se passerait bien. Puis là-dessus, il cessa d'y penser.

Au centre, vers la fin de la soirée, Alain appela Jean-Sam au bureau des éducateurs. Après avoir fait le tour du cahier de bord de son protégé et constaté qu'il rencontrait bien ses objectifs, il lui parla de l'éventualité de revoir son père. L'éducateur fut heureux de constater que Jean-Sam prenait cela assez bien. Aussi, il profita de cette attitude positive pour brasser un peu la soupe.

— Tu pourrais le voir mardi prochain si tu veux.

Surpris lui-même de ne pas hésiter, Jean-Sam dit oui immédiatement. Avant le coucher, c'est Isabelle qui vint le rejoindre dans sa chambre. Elle avait obtenu la permission d'un éducateur qui veillait tout près en dirigeant les autres jeunes dans l'accomplissement des dernières tâches de la journée.

— TADAAAM ! c'est moi ! dit-elle d'un ton enjoué, mais qui laissait tout de même percer une certaine inquiétude.

Jean-Sam regarda Isabelle avec une impression étrange. Du coup, il ne ressentit pas cette ivresse comme chaque fois qu'elle s'approchait de lui, sans doute à cause de ses préoccupations du moment pour son père. Non, cette fois il éprouvait de l'amitié pour elle et cela le réconforta. Il avait souhaité la visite d'Isabelle ; il l'avait attendue sans même s'en rendre compte. La complicité entre eux avait agi et Isabelle était là. C'était la première fois de sa vie qu'il ressentait une chose pareille : elle était devenue SA complice.

— C'est mardi le grand jour, dit-elle en devenant rapidement plus sérieuse.

— Ouais... répondit-il avec un air songeur.

— Ça t'inquiète ? lui demanda-t-elle en s'approchant un peu.

Isabelle avait envie de prendre Jean-Sam contre elle et de l'étreindre pour le réconforter. Mais lui, n'avait envie de rien ; ses pensées et ses émotions étaient beaucoup trop envahies par des vagues de tourments.

— Oui beaucoup, avoua-t-il en se levant et en faisant quelques pas dans sa chambre pour tromper l'attente qui s'alourdissait à mesure que l'heure de la rencontre approchait.

— J'espère que ça va bien se passer, dit l'adolescente, parce que j'aimerais bien le connaître ton père. Moi, le mien, je ne l'ai jamais connu. Je pense souvent que s'il n'était pas mort si jeune, ma vie aurait été beaucoup plus heureuse. Toi, t'as la chance d'avoir encore le tien. Il faut que tu t'accroches à cette chance!

Après le départ d'Isabelle, il referma sa porte avec un sentiment étrange qui grandissait en lui au point d'être près d'éclater. Était-ce son amour pour Isabelle ou la crainte de la rencontre avec son père? Il n'arrivait pas à savoir ce qui le chavirait tant et, lorsqu'il s'assit sur son lit pour se déshabiller, il se mit tout à coup à pleurer comme un enfant. Il pleura longtemps à chaudes larmes avant de se calmer. Quand cette lame de fond émotive fut passée, il se dit qu'à force de pleurer tant depuis quelques mois, il finirait sûrement par se transformer en pommeau de douche. Cette pensée tout à coup le fit rire. Ensuite, il se sentit bizarre, comme vide. Puis il s'endormit.

12

Le père

Quand Jean-Sam se mit au lit, ce lundi-là, il pensa à la visite de son père en souhaitant qu'il y ait au moins une autre journée avant mardi : un lundi et demi, un lundi et trois quarts, un lundi et sept huitièmes... Et, en se levant le lendemain matin, il aurait tout donné pour que ce soit mercredi. Tout l'avant-midi, Jean-Sam fut nerveux et irritable. Il se sentait terriblement mal à l'aise. D'abord, il avait demandé à Alain la permission de se retirer dans sa chambre. L'éducateur avait refusé. Ensuite, Jean-Sam avait voulu aller au centre commercial avec trois autres pensionnaires. Encore une fois, Alain refusa. Quand Jean-Sam pénétra en trombe dans le bureau de son éducateur pour lui demander la raison de tous ces refus, Alain prit le temps de le calmer.

— Ce n'est pas le moment de te défiler, dit-il à l'adolescent anxieux. Tu vas rencontrer ton père cet après-midi et il faut que tu te prépares.

— Comment ça me préparer ? vociféra-t-il.

Je ne peux quand même pas étudier la façon dont je vais lui parler ! laissa-t-il tomber ironiquement.

— La seule chose qu'il ne faut pas que tu fasses, c'est fuir, dans ta tête ou autrement. Il va falloir que tu affrontes la réalité Jean-Sam. Je le sais que c'est difficile, mais c'est tout aussi incontournable que difficile.

— Qu'est-ce que t'en sais, monsieur Parfait ? lança Jean-Sam sur un ton de provocation.

— Tu voudrais bien que je t'envoie dans ta chambre... mais tu vas rester avec nous quoi que tu fasses, Jean-Sam. Pour ce qui est de ce surnom que tu viens de me donner, on en reparlera quand tout ça sera passé. Maintenant, retourne avec les autres: vous avez droit à une heure de télévision avant le dîner, profites-en pour te détendre.

Jean-Sam tourna les talons, furieux contre son éducateur. Mais celui-ci le rappela.

— Jean-Sam !

— Quoi encore ! demanda l'adolescent exaspéré.

— Bonne chance avec ton père.

Jean-Sam resta les yeux rivés sur le téléviseur pendant l'heure de visionnement. Puis son regard se tourna vers son passé durant l'heure du dîner. À quatorze heures, Alain l'autorisa à se retirer dans sa chambre pour se préparer à la visite de son père. Cette heure fut la plus longue de sa courte vie.

Quand Jean-Sam vit son père apparaître dans la porte de sa chambre, il dut tourner la tête et regarder ailleurs tellement ça lui faisait mal. L'homme était là, se tenant les mains, maladroit et gêné. Il semblait vieilli. Dans son regard fuyant, Jean-Sam put tout de même lire une tristesse ou une culpabilité, une gêne peut-être, mais quelque chose de nouveau qui avait sûrement dû germer dans la douleur

— Salut ! dit-il maladroitement.

— Salut ! répondit Jean-Sam.

Le silence vint entourer ces salutations pour en faire deux îles distinctes. Jean-Sam avait la tête vide et le ventre rempli d'émotions ; sa gorge était serrée et il ne savait quoi dire. Alors, le père s'avança à petits pas lents, comme un enfant qui a fait une bourde et qu'on appelle pour le réprimander. Il resta un instant, au milieu de cette pièce, sans oser regarder son fils.

— Je peux m'asseoir ? demanda-t-il.

— Oui ! répondit Jean-Sam, gêné de donner une permission à son père.

Ce dernier s'assit et resta encore quelques instants sans parler. Jean-Sam s'attendait à un sermon du genre : « j'ai beaucoup réfléchi et maintenant ça va bien aller » ou encore « ta mère et moi on a beaucoup discuté et on va changer notre façon de vivre. » Ce qui arriva fut tout autre. Son père pleurait. En silence. Jean-Samuel sentait bien qu'il faisait des efforts pour se retenir, et parler, mais qu'il n'y arrivait pas. Lui aussi aurait bien voulu dire quelque chose pour alléger l'atmosphère, mais il sentait encore une fois qu'il était près de se transformer en pommeau de douche. Pour tromper son malaise, Jean-Sam vint s'asseoir lui aussi sur le petit lit.

Jean-Pierre Gascon avait maintenant le visage dans ses mains et les coudes appuyés sur ses genoux. Son fils vit les spasmes secouer son dos et ses épaules. Le bruit sourd et étouffé des pleurs de son père ressemblait aux plaintes d'un supplicié que l'on torturerait au loin, comme au fond de l'enfer. Jean-Sam ressentit comme un fardeau insoutenable le chagrin que son père refoulait afin de pouvoir lui parler. Il pensa à toutes les fois où Alain lui avait dit de s'ouvrir et de parler. Il fit le plus gros effort de sa vie pour dire :

— Ça fait des semaines que je braille dans cette chambre-là moi aussi...

Mais il ne put rien ajouter. La crise de larmes de son père s'accentuait à mesure qu'il tentait de se contenir et bientôt, Jean-Sam ne parvint plus à cacher son immense tristesse. Il se sentait aspiré par la détresse de son père, comme dans une rivière où ils se seraient noyés tous deux sans pouvoir se rejoindre.

Quand son père quitta la chambre, ils ne s'étaient presque pas parlé. Ils en avaient été incapables. Jamais de leur vie, ils ne l'avaient fait et le chagrin n'arrangeait rien. C'est à peine s'ils arrivaient à se regarder, gênés l'un et l'autre de ne pouvoir soutenir leur regard. Une seule chose était sûre et c'était là l'essentiel : ils se reverraient.

13

La chasse-galerie

Une espèce de grand décompte universel s'était mis en branle depuis quelque temps au centre d'accueil, comme un vaste compte à rebours des dernières semaines d'école jumelées à la venue « officielle » de l'été. La température se réchauffait à mesure que les jours s'allongeaient. L'air doux du printemps, en cette merveilleuse fin du mois d'avril, appelait tous les jeunes à sortir de leur hibernation et à mettre le nez dehors pour profiter de cette chaleur nouvelle.

Aussi, ce soir-là, bien que le soleil soit couché, le temps demeurait doux et l'air était bon. La nuit s'annonçait belle.

— On n'écoute pas de film, on sort! lança Annie.

Maryse jeta un œil à François, qui lui fit un signe affirmatif de la tête. Puis ce dernier s'adressa aux jeunes.

— D'accord! Si vous voulez, on va passer la

soirée dehors. Vous apportez des couvertures parce que le temps pourrait se rafraîchir plus tard. On va se faire un feu et je vais vous raconter une histoire EFFFRAYAANNTEEE! lança-t-il avec une voix d'outre-tombe.

François avait étudié le théâtre et il prenait un plaisir fou à raconter des histoires aux jeunes. Il était un merveilleux fabulateur, un créateur de personnages plus vrais que nature, et les jeunes prenaient beaucoup de plaisir à le suivre dans ses délires théâtraux.

Le feu de camp était donc allumé et la nuit était maintenant complète. François fit asseoir les adolescents en cercle et prit soin de se placer de sorte que tous le voient bien sous l'éclairage rouge et jaune de la flamme qui léchait les quartiers de bois. Puis, en prenant une voix sourde et profonde, il entreprit son récit comme l'aurait fait un conteur de la fin du siècle dernier.

« *Moé, Joseph-Basile Turpin, fils de Samuel-Henri et Joséphine-Marie Turpin, drette comme chus là, je m'en vas vous conter une rôdeuse d'histoire. Chus pas le genre à aller à confesse ben régulièrement, mais depuis c'te jour de l'an 1858, j'ai jamais pu passer une semaine sans aller voir mon curé pour y confesser mes offenses au bon Dieu. Pis chaque fois…* (il fit une pause pour marquer le caractère dramatique de ce qu'il allait ajouter) *j'dis une prière pour Baptiste Legrand : celui-là qui a eu la pire malchance qu'un chrétien puisse avoir.*

« *D'abord, j'voudrais qu'on fasse tous un signe de croix pour chasser le diable et les diablotins* (les jeunes, amusés par cet étrange début d'histoire, firent leur signe de croix avec un sourire entendu). *C't'histoire-là commence le trente et un décembre de l'année que j'ai déjà dite. J'étais cook dans le chantier de bûcherons de Ross, pis depuis le début de l'hiver, comme tous mes compagnons, j'étais pas sorti du bois, pis j'avais pas vu une créature. Moé qui aime les femmes comme j'aime la nature, j'vous dis que c'est dur de penser finir l'année sans même pouvoir danser pis voir les lumières briller dans les yeux d'une jeune beauté.*

« *Durant la soirée, on avait ben bu une couple de petites shots de rhum pis de la grosse Molson. Avant que minuit sonne, j'étais déjà un peu "chaudasse", ça fait que j'ai décidé que j'voulais pas voir tourner l'année comme la tête me tournait, pis d'aller me coucher en pensant que je me réveillerais l'année d'ensuite. Le jour de l'an, quand t'es pogné dans un camp dans le bois, loin de celle-là que ton cœur a choisie, c'est ben plus triste que c'est gai. J'v'nais juste de m'endormir quand l'grand Jean vient m'tirer les couvertes, pis le v'là-tu pas qu'y m'dit qu'y faut que j'me grouille parce qu'on part en ville voir nos blondes. Su'le coup, j'ai* pensé que j'rêvais. Mais non, le grand m'dit qu'y part avec sept gars pour la chasse-galerie, pis qu'y en manque un pour que le sortilège fonctionne. Pis le huitième... ben fallait que ça soit moé!

« J'y dis : "Pas la chasse-galerie! Mais t'es-tu fou? Tu risques de passer l'éternité en enfer pour ça." Mais le grand Jean avait déjà une main dans les airs pour me faire signe de me taire. "Cré poule mouillée! qu'y me dit. Je l'ai déjà fait ben des fois : on a juste à pas prononcer le nom de Dieu ni du diable, à pas sacrer, à pas boire, à prendre ben soin de pas accrocher les croix des clochers... pis y a pas de danger."

« J'savais qu'avec l'aide de Satan on pouvait voler en canot par-dessus les lacs pis les montagnes assez vite pour être à Lavaltrie avec nos blondes pour le réveillon, mais que si on respectait pas les lois, Satan pouvait nous ramasser pis nous emmener en enfer avec lui pour l'éternité. Là, le grand Jean m'a donné une autre shot de rhum, pis j'me suis habillé en vitesse parce que les sept autres attendaient dehors avec le canot d'écorce tout prêt.

« Celui qui dirigeait le canot c'était Baptiste Legrand. Y était le plus jeune pis y était aussi le plus fort. Tout le monde disait qu'y était d'assez forte nature pour manger le diable. C'était pas vrai. Mais là j'vas trop vite... j'continue mon histoire. Ça fait qu'une fois ben assis dans le canot, Baptiste nous a dit : "Répétez après moé :

*Satan, roi des enfers, nous te promettons
de te livrer nos âmes si, d'ici six heures, nous
prononçons le nom de ton maître et du nôtre,
le bon Dieu, et si nous touchons une croix
dans le voyage. À cette condition tu nous
transporteras dans les airs, au lieu où nous
voulons aller, et tu nous ramèneras de même
au chantier !*

Acabris ! Acabras ! Acabram !

*Fais-nous voyager par-dessus les mon-
tagnes !"*

« Là, j'ai senti le canot être transporté comme
par magie dans les airs à chaque coup de rame
qu'on donnait. On disait pas un mot, comme si on
était dans un rêve pis qu'une mauvaise parole
aurait pu nous réveiller pour qu'on retombe dans la
réalité pis dans le camp de bûcherons. Baptiste nous
dirigeait en faisant ben attention, quand on passait
proche des églises, pour pas accrocher le canot dans
la croix du clocher, pis c'est comme ça qu'en moins
d'une heure on a fait tout le trajet jusqu'à Lavaltrie.

« Une fois rendus, on a atterri dans un champ
pour que personne nous voie, pis on a caché le
canot. Pendant qu'on marchait dans la neige
jusqu'aux genoux, c'est Adélar qui nous a rappelé
qu'y fallait surtout pas prendre de boisson, pis
qu'aussitôt qu'y nous ferait signe, y fallait pas perdre de temps pis filer en douce sans dire un mot à
personne.

« Quand on est rentrés dans la salle paroissiale, là ousse qu'y avait la fête du réveillon, tout le monde a été ben surpris de nous voir. "Mais d'où ce que vous sortez donc comme ça ?" que nous a demandé le vieil Eunézime.

« Pour pas avoir besoin de répondre qu'on avait fait un pacte avec le diable, c'est Alphonse qui a dit ben fort : "On n'est pas venus icitte pour parler ! On est venus icitte pour danser pis s'amuser avec nos créatures !"

« Pis on est rentrés dans la fête. On a dansé comme des fous : des reels à quatre, des gigues simples pis des voleuses ; ça tournait pis ça tapait du pied de tous les bords. La soirée allait dans son plus fort quand j'ai aperçu Baptiste qui rôdait autour du bar. Ah ! Chus ben allé l'avertir de pas prendre un verre, mais à un moment donné, quand on regardait pas, y en a pris un, pis un autre, pis encore un autre, tellement que, quand Adélar nous a fait signe que c'était le temps de partir, Baptiste était déjà ben soûl.

« On est sortis tous les huit comme des voleurs, sans même un bonsoir à personne, pis on est montés dans le canot, et Acabris ! Acabras ! Acabram ! Nous v'là repartis dans les airs pour retourner au camp de bûcherons. Mais là, Baptiste, qu'on avait couché dans le fond du canot parce qu'y était soûl, s'est relevé en sacrant à tue-tête, pis le v'là-tu pas qui voulait reprendre sa place pour diriger le canot.

On a ben essayé d'l'en empêcher mais dans la chamaille, le canot a accroché le dernier clocher, celui de la chapelle des bûcherons, pis on est allés s'écraser dans la neige.

« On s'est tous relevés un peu ébranlés, mais c'est là qu'on a réalisé le danger : on avait enfreint la loi de Satan. J'ai regardé vite autour, pis là j'ai dit aux autres gars : "Le camp est juste à côté, on peut se rendre à pied."

« Mais juste comme on se ramassait pour partir, y a une ombre qui est venue se placer sur notre chemin, entre nous autres pis le camp. Je dis une ombre parce que j'saurais pas comment appeler ça autrement. Une ombre, en pleine nuit. Ça pouvait être rien d'autre que Lucifer lui-même pour être plus noir que la nuit noire ! J'y ai vu comme deux grandes ailes noires qui bouchaient tout le ciel au-dessus de nous autres… pis deux cornes rouges comme de l'acier chauffé sur la tête. J'pense aussi que j'ai vu des oreilles pointues avec du poil dru au boutte. Mais le pire, le plus cruel pis le plus terrifiant, c'était ses yeux : des yeux jaunes pis rouges comme jamais un humain ou un animal en a eu. Partout autour, ça s'est mis à sentir le soufre de l'enfer.

« Quand y est passé au-dessus de nous autres, ç'a été plus que le silence, on aurait même dit que le bruit existait pus, même le vent s'était arrêté. Plus rien ni personne pouvait bouger. J'ai senti sa présence encore plus frette que toute la neige pis toute la glace. J'ai senti la peur me glacer le sang pis les os. Je l'sais pas combien de temps on est restés comme ça ; tous, la face collée au sol dans la neige, comme pour se protéger. Mais quand on s'est relevés, Lucifer était pus là... pis Baptiste non plus.

« ...On n'a jamais revu Baptiste vivant. »

Tous les jeunes gardèrent le silence quelques instants en se regardant par-dessus le feu ; la flamme dansait sur leur visage et dans leurs yeux.

C'est Annie qui, la première, marqua la fin du récit de cette légende ancienne.

— Wow ! C'est « capoté » cette histoire-là ! dit-elle tout impressionnée.

— C'est-tu « toé » qui l'a inventée ? demanda Jean-Sam.

— Te voilà qui parle maintenant avec des « toé pis moé », dit François à Jean-Sam, en s'amusant de sa faute de langage. Non, je ne l'ai pas inventée, précisa-t-il. J'ai fait comme les conteurs du Québec au siècle dernier : j'ai interprété à ma façon une des légendes que racontaient les bûcherons, les draveurs, les « quêteux » et tous les voyageurs de l'époque. Vous savez, dans ce temps-là, il n'y avait pas de journaux, pas de télévision ni de radio. Il n'y avait même pas d'électricité. Les « quêteux » ont été les premiers journalistes de la Nouvelle-France. Ils étaient très pauvres et voyageaient d'un village à l'autre en racontant ce qui se passait dans les autres villages. Et les familles, pour avoir des nouvelles, les hébergeaient et leur donnaient à manger.

« Comme il n'y avait pas de livres, et que le Québec n'avait pas encore de véritable histoire, alors l'histoire et la culture du Nouveau Monde se sont forgées à travers les récits des conteurs. C'est Honoré Beaugrand qui, en l'an 1900, a décidé d'écrire une version de ces contes qu'il avait entendus quand il était plus jeune, comme je viens de le faire avec vous autres. »

— Honoré Beaugrand… comme la station de métro ? dit Annie en riant.

— Exactement ! répondit François. On a donné son nom à une station de métro pour souligner son apport à la littérature québécoise. Il a immortalisé ces contes… en les écrivant. Mais il y a aussi Claude Dubois qui en a fait une chanson. Dans la version du chanteur, il ne fallait pas que les voyageurs du canot se retournent au moment du départ, sinon Satan les emportait. Mais, vous vous en doutez bien, c'est le plus jeune qui s'est retourné et Satan l'a emporté avec lui. Avez-vous remarqué quelque chose qui revient souvent dans l'histoire que je vous ai racontée ? demanda François.

— Ça prend un coup dur ! répondit Jean-Sam en imitant quelqu'un qui est ivre, ce qui fit rire tout le monde.

— Très juste, dit François. Dans ce temps-là, l'Église et les curés étaient intolérants et très durs envers ceux qui avaient l'habitude de boire. C'est pour ça que, dans les contes, le diable apparaît souvent quand les humains boivent.

— C'est pareil comme aujourd'hui, ajouta Isabelle : c'est toujours les jeunes qui s'en vont chez le diable.

Cette remarque fit rire tout le monde et François encore davantage.

— Les contes avaient évidemment une fonction éducative, expliqua encore l'éducateur, c'est peut-être pour ça que le plus dur de la leçon était réservé aux jeunes gens.

— J'aime bien mieux t'entendre nous conter des histoires que de nous dire que c'est l'heure des tâches ou bien d'aller se coucher, dit Isabelle.

— C'est l'heure d'aller se coucher ! répondit François pour finir la soirée sur une note d'humour.

14

Le retour de Squatte

Lorsque Jean-Sam revint de l'école, un beau vendredi de la fin du mois de mars, il eut une surprise de taille. Quand il aperçut le visage de celui qui se tenait dans le fumoir avec Maryse, l'éducatrice, il réalisa toute l'affection qu'il lui portait. Leur longue séparation n'avait pas eu raison de leur amitié.

— SQUATTE! s'exclama Jean-Sam.

— Salut mec! Hé! t'as les cheveux presque aussi longs que les miens, remarqua Squatte avec un large sourire. Et puis t'es beaucoup plus propre que dans le temps qu'on était colocs...

— Bon! les gars, petite mise au point! dit Maryse. D'abord, y a personne qui s'appelle Squatte ici, mais on connaît un certain Justin Leblanc. Ensuite, on sait que vous vous connaissez bien, ça fait pas de problème dans la mesure où votre amitié n'exclut personne. Finalement, qu'est-ce que vous diriez de faire une petite surprise à Isabelle?

Quand Isabelle monta dans sa chambre, elle tourna, fidèle à son habitude, le coin du couloir en trombe mais cette fois, elle s'arrêta net, comme quelqu'un qui voit une apparition. C'est à peine si elle parvint à prononcer son nom tellement elle était émue.

— Justin, enfin j'te retrouve!

Celui-ci la prit dans ses bras et la souleva de terre comme si la loi de la gravité n'existait pas plus que celle du centre qui interdit aux jeunes les contacts physiques. Jean-Sam se sentit tout bizarre. Il se rendit soudainement compte qu'il n'avait jamais eu l'idée de demander son nom véritable à celui qu'il considérait comme son meilleur ami; un ami qu'il voyait sous un jour différent, ici, au centre d'accueil. Qui plus est, il réalisait qu'Isabelle était tout aussi près de Justin (décidément, il ne s'habituait pas au vrai nom de Squatte) qu'elle l'était de lui-même. Le passé et le présent lui apparaissaient tout à coup comme un mélange bizarre.

Une fois remis de leurs émotions et le calme revenu, relativement du moins, Justin, Isabelle et Jean-Sam descendirent au fumoir rejoindre Josée, Annie et Sylvain. Alain se trouvait avec eux, comme le voulait le règlement du centre, c'est-à-dire que jamais il ne devait y avoir deux jeunes au fumoir sans la surveillance d'un éducateur.

— On a eu un retour en détention, il y a quelques semaines, dit Justin à Isabelle. C'est un gars qui marchait les jambes bien écartées, comme s'il faisait de la raquette sur du ciment frais. Paraîtrait que c'est un train qui lui serait passé dessus...

Isabelle se mit à rire, sachant bien que c'était du Pim dont il était question. Justin ajouta que sa réputation de dur en avait pris pour son rhume : chaque fois qu'il tentait d'intimider quelqu'un, on le menaçait d'aller chercher Isabelle. Mais, à ce moment, Alain intervint en soulignant qu'il s'agissait d'une conversation négative et qu'il fallait passer à un autre sujet, sinon c'était la fin du privilège de fumoir. Comme s'il voulait marquer son intention de passer à un sujet positif, Justin laissa tomber à l'intention d'Isabelle :

— Hé ! j'ai passé mes maths de deuxième secondaire !

Tous s'esclaffèrent, puisque la dernière fugue de Justin s'était justement faite au lendemain d'une dispute avec son éducateur parce qu'il avait échoué son examen de maths. Le reste du temps de fumoir fut consacré à un échange sur le fonctionnement du centre.

Alain conduisit ensuite Justin à la chambre qui lui avait été assignée. Justin était heureux de se retrouver ici, avec deux bons amis. Il s'affairait à placer ses objets personnels lorsqu'une ombre passa dans le ciel de sa belle humeur.

« Ah non ! pas lui ! » se dit-il en apercevant le bizarre personnage qui suivait l'un des éducateurs. Ce jeune avait le crâne rasé et arborait une croix gammée tatouée à l'arrière de la tête. Il avait le teint très blanc, il était aussi très grand et mince, et il affichait un air hautain, snob, comme si le centre n'avait pas eu assez de classe pour accueillir son illustre personne. Immédiatement après le passage du jeune *skin head*, Jean-Sam arrivait dans la chambre de Justin.

— Hé ! t'as reconnu le mec... ?

— Tu parles si je l'ai reconnu ! laissa tomber Justin avec dépit. Cet imbécile qui se prend pour le Messie ! C'est lui qui disait être l'arrière-petit-fils d'Adolphe Hitler ; tu te souviens, je t'en avais parlé. Il ne serait même pas capable de prouver qu'il est Allemand. Mais il faut dire que son gang de néo-nazis marchait assez bien dans le temps, ils avaient un super-local avec toutes les décorations militaires et des drapeaux. Il avait pas mal d'argent aussi le grand nazi, mais on n'a jamais su où il prenait tout ce fric. Cet imbécile d'Adolphe junior disait que ça venait du Fonds de résistance néo-nazi d'Europe. Mais moi je pense qu'il volait tout simplement son père, parce que son vieux est riche à craquer. La dernière fois que je l'ai vu, lui et son gang distribuaient des pamphlets du Ku Klux Klan dans le coin d'Outremont.

— Le Ku Klux Klan... c'est le groupe raciste américain qui s'en prend aux Noirs, si je me souviens bien.

— Exact ! Adolphe junior s'associe à tous les groupes racistes. Son *trip* ultime, c'est la race supérieure. Il dit que les Blancs sont le peuple élu et il déteste particulièrement les juifs.

— Mais lui, je veux dire comme mec... comment il est ? demanda Jean-Sam.

— Il faut se méfier ! Il est beaucoup plus fort physiquement qu'il n'y paraît et il joue du couteau comme un virtuose. Je l'ai déjà vu tabasser un jeune qui avait voulu l'affronter dans la rue ; non seulement il est fort, mais il est aussi méchant le grand Schleu. Mais, termina Justin, on n'aura pas de problèmes ici parce qu'il n'y a que des Blancs au centre.

— Erreur ! dit Jean-Sam. Il y a un Jamaïcain. Souléman qu'il s'appelle et il est plutôt noir, tu vois.

— J'espère qu'il ne partage pas la chambre du grand Schleu ! dit Justin en riant.

— Non. Il devrait revenir de l'école bientôt. Tu ne pourras pas le manquer parce qu'il partage... ta chambre.

Justin secouait la tête avec un sourire en coin.

— Décidément, dit-il, moi et Adolphe junior on ne sera jamais amis.

— Il est *tripant* au boutte Souléman, tu vas voir ! Il se fout d'Adolphe comme de sa première paire de chaussettes.

— Mais Adolphe, lui, je suis persuadé qu'il l'attend dans le détour, dit Squatte sur le ton de la confidence tout en rangeant quelques effets personnels.

Au même moment, une jolie tête rousse apparaissait dans la porte de Justin.

— Hé ! Squatte ! T'as vu ton vieux copain, Adolphe junior, le grand Schleu.

— Ouais ! Je l'ai vu et je l'ai reconnu assez facilement, t'en fais pas !

Tout à coup, comme si elle sortait de la lune, Isabelle dit :

— Hé ! mais... c'est la chambre de Souléman...

— ...Et c'est aussi la mienne, continua Squatte.

— Oh là là là là ! la gaffe au carré ! dit-elle en portant la main à son front comme si cette nouvelle lui donnait une poussée de fièvre, et elle reprit le chemin de sa chambre toujours la main au front comme si, tout à coup, elle avait besoin de repos.

— Elle est un peu folle ! dit Jean-Sam en riant tandis que la jeune fille s'éloignait.

Mais son sourire mourut rapidement sur ses lèvres en voyant la mine songeuse de Squatte.

— T'as l'air inquiet, dit-il à son ami fraîchement retrouvé.

— Tu vois, dit Squatte, le grand Schleu et moi on a souvent passé à un cheveu de s'affronter. Mais maintenant, avec ton Souléman dans les pattes, j'ai bien peur que ça va arriver très bientôt. Isabelle fait des farces mais, au fond, elle est très sérieuse. Elle était comme ça dans la rue : quand ça allait très mal, elle se mettait à blaguer pour tromper sa peur. Elle sait que c'est assez explosif comme situation.

— Tu ne vas quand même pas affronter Adolphe ici, au centre.

— Ben voyons Jean-Sam ! Tu me connais mieux que ça...

— Justement ! Je pense que je vais aller me reposer un peu moi aussi.

Se retrouvant seul après le départ de ses deux amis, Squatte repensa à cette affaire en terminant son rangement. Il se dit qu'il lui serait très difficile de ne pas affronter Adolphe junior : un peu comme les loups, il était dans la nature de Squatte de se battre pour défendre un territoire et une meute ; ce jeu le valorisait à ses yeux et il savait que l'occasion était belle pour vivre une petite extase comme dans la rue.

Dans sa tête tout était en place pour une confrontation, lorsqu'un jeune rasta jamaïcain apparut dans l'embrasure de la porte.

— Salut mec ! C'est Souléman... Soul Man... Diakité, qui te dit bonjour !

15

Annie et Sylvain

Le lendemain matin, Annie était dans la salle de bains à se préparer pour l'école. Elle chantait le dernier succès de Whitney Houston, *I Will Always Love You*, avec des fausses notes à faire craquer le miroir. Ce n'était pas tellement pour la chanteuse américaine qu'Annie était si exubérante, mais pour Sylvain.

Depuis qu'il était revenu au centre, toute la vie d'Annie avait changé. La dernière fois qu'elle avait vu Sylvain, elle avait à peine treize ans, et celui-ci la voyait un peu comme une petite fille. Mais voilà que la dernière année l'avait beaucoup transformée, physiquement c'était visible, mais émotivement aussi cela se percevait. Sylvain la regardait maintenant beaucoup plus longuement et avec une attention toute différente.

Quand elle arriva en bas pour déjeuner, une place était libre entre Sylvain et Isabelle. Annie s'y précipita en remerciant la providence de la lui avoir gardée à côté de Sylvain.

Mais c'est Isabelle qu'elle aurait dû remercier. Jean-Sam était assis en face et il discutait avec Souléman. Adolphe junior (dont le nom véritable était Bertrand Granger) était, fidèle à son habitude, assis en retrait, silencieux, à l'autre bout de la table.

— Et puis, Soul Man, comment ça va avec ton nouveau coloc ? demanda Jean-Sam.

— Ah les chiottes oui ! Il ronfle le mec, on dirait qu'il a une usine dans le nez qui transforme l'air en tornade.

Et Souléman imita une longue respiration bruyante en secouant la tête de tous les bords tout en gesticulant des bras et des jambes comme lui seul savait le faire. Tout le monde se tordait de rire quand Squatte apparut au pied de l'escalier.

Immédiatement, Souléman prit un air trop sage pour être vrai et tous se mirent à rire du pauvre gars qui venait de se faire prendre en train de se payer la gueule de son compagnon de chambre.

— Hé ! Soul machinchouette ! lui dit Squatte, tu vas perdre des points parce que les éducateurs sont en train d'établir les évaluations et ton lit n'est pas fait.

— Merde, merde, merde ! s'écria Souléman en se lançant dans l'escalier afin d'arriver dans sa chambre avant les éducateurs.

— Il est complètement sauté ce mec, dit Squatte en riant. Je l'ai fait son lit. Il m'a tellement fait rire hier avant qu'on ne s'endorme que je me suis dit que je lui devais bien ça.

Quelques secondes plus tard, Souléman redescendait l'escalier en arborant un large sourire.

— Hé! les mecs. C'est un Holiday Inn ici! Ils font les lits maintenant!

— Ouais, mais faut pas abuser! répliqua Squatte.

— Allez tout le monde! En route pour l'école, lança Alain en sortant du bureau des éducateurs.

Les jeunes ramassèrent leurs effets scolaires et s'entassèrent dans le vestibule en attendant l'éducateur pour sortir. Alain parlait avec Justin:

— Il y a une enseignante qui s'appelle Marie et qui a tout ce qu'il te faut pour commencer tes cours de maths. Ton évaluation scolaire a été faite et elle va t'expliquer ton programme en cheminement individualisé.

Tous partirent avec Alain qui les accompagnait au local d'activité scolaire, tandis que Maryse restait au centre, au cas où un jeune y serait renvoyé à cause d'un mauvais comportement; ce qui se produisait assez régulièrement.

Au milieu de l'avant-midi, en classe de mathématiques, l'un des enseignants s'adressa à Annie :

— Voudrais-tu aller au centre chercher deux chaises. On en manque, demande à quelqu'un de t'accompagner.

Personne ne fut surpris quand Annie demanda à Sylvain de l'accompagner. Sylvain aurait été amèrement déçu si elle avait demandé à quelqu'un d'autre. Ils marchaient côte à côte lorsque Annie se retourna pour poursuivre sa marche à reculons. Faisant ainsi face à Sylvain, elle s'aventura à dire :

— T'sais que, quand t'es revenu, toutes les filles étaient contentes de revoir le beau Sylvain.

Sylvain, un peu gêné, ralentit le pas et regarda de côté pour dissimuler sa confusion, ou peut-être pour faire un peu théâtral et jouer le jeu jusqu'au bout.

— Et toi... tu trouves ça... tu me trouves beau ?

Annie prit cette fois un ton moins assuré, hésita un peu, et dit plus bas :

— Ouais... tu le sais bien... que je t'ai toujours trouvé beau, comme tout le monde.

— Mais c'est pas tout le monde qui me le dit comme ça. Puis il ajouta : Moi aussi... souvent, depuis que je suis revenu surtout, j'aime ça quand t'es là. T'as beaucoup changé tu sais, t'as beaucoup vieilli aussi. J'aime te parler, te regarder aussi.

Annie arrêta sa marche à reculons, Sylvain se rapprocha. Ils étaient rares les moments où ils pouvaient se retrouver seuls, sans les autres. Ce hasard, qu'Annie avait quelque peu provoqué, leur procurait enfin un moment d'intimité. Tous deux réalisèrent leur chance en même temps. Sylvain prit Annie dans ses bras et l'embrassa. C'était la première fois pour Annie. Elle se sentit tout à coup ailleurs : les bras et le corps de Sylvain étaient le monde au complet ; en dehors de son étreinte, il n'y avait plus rien qui existait. Sylvain l'embrassa encore et, cette fois, elle répondit mieux à son baiser. Ils restèrent comme ça, enlacés, pendant quelques instants. Puis Sylvain relâcha quelque peu son étreinte en la regardant dans les yeux.

— On va être en retard au centre.

Annie ne répondit pas et ils reprirent le chemin du retour, main dans la main, sans se parler. En entrant au centre, ils croisèrent Maryse et l'avisèrent qu'ils n'étaient de passage que pour prendre quelques chaises pour la classe.

Annie et Sylvain semblaient beaucoup s'amuser en cherchant des chaises disponibles.

Ils se regardaient avec des yeux neufs. Maryse savait pourquoi. Elle les avait aperçus par la fenêtre alors qu'ils s'embrassaient. Mais elle décida toutefois de n'en faire mention nulle part; étant l'éducatrice d'Annie, il lui appartenait d'évaluer la situation. Aussi, elle se dit que c'était une bonne chose. Depuis qu'Annie avait été retirée à sa mère, parce que celle-ci avait des problèmes de drogue et n'avait pour seul revenu que son salaire de danseuse, la jeune fille ne s'était jamais investie émotivement dans une relation. Et voilà que maintenant elle avait choisi Sylvain. D'un autre côté, Sylvain était un garçon correct qui pourrait s'avérer un compagnon valable pour Annie. Du reste, l'amour comporte ses risques, et Maryse était certaine qu'il fallait laisser Annie suivre sa voie. Elle ne pouvait prévoir que, pour la jeune fille, ce serait le plus dur apprentissage de sa vie.

16

Au cimetière

Jean-Samuel mit une fleur sur la tombe de Jean-Michel et son père fit de même. Tous deux restèrent quelques instants immobiles, les yeux fixés sur l'emplacement du corps du frère du premier et du fils du second.

— Viens, dit simplement Jean-Pierre Gascon à son fils en s'engageant dans le petit sentier qui menait vers les bosquets. Un peu plus loin, il reprit la parole :

— Ça fait maintenant plus de douze ans que ton frère est décédé, et ce n'est qu'aujourd'hui que j'ai le courage de venir voir sa tombe. Je n'étais pas allé à l'enterrement non plus. Quand il est mort, je n'ai pas réussi à accepter cette chose, j'ai agi comme s'il fallait en finir d'un seul coup : j'ai vidé votre chambre de ses affaires et j'ai réglé les comptes avec tout le monde : la famille, le gouvernement, les assurances. Ensuite, j'ai réalisé que je n'y arriverais pas. Je l'ai senti comme on sent, en avançant sur un pont, qu'il n'est pas assez solide pour supporter notre poids, et qu'on va tomber et se faire mal... peut-être se tuer. Le pire, le plus douloureux, c'était chaque fois que je te regardais. Vous étiez jumeaux et vous vous ressembliez tellement ! Je ne pouvais pas te regarder sans me demander ce que serait devenu ton frère. C'est là où j'ai commencé à boire. Beaucoup. Et de plus en plus. Au début je pensais que ça allait mieux quand je buvais ; ensuite, je me suis aperçu que c'est quand je buvais que je me sentais le plus mal. J'étais devenu l'esclave de ce que j'avais cru être un remède : un médicament pour ma peine encore plus nocif que le mal que je voulais soigner.

« Tu sais, quand j'étais soûl, c'est à peine si j'avais conscience de la vie. Je ne me rendais presque plus compte de la présence des autres. C'est à peine si je me rendais compte que le monde existait encore. Et puis quand je te voyais, dans mon délire, je voyais aussi ton frère. L'alcool dédoublait ton image, alors je ressentais un immense bonheur à retrouver mes deux fils. Mais l'illusion s'estompait très vite et toute la peine et la déception refaisaient surface et se transformaient en rage. Toute cette rage n'était pas contre toi, mais contre la vie, la vie qui m'avait enlevé mon autre fils.

« Le grand vide creusé par la mort de Jean-Michel, je l'ai rempli avec l'alcool. Je pensais que ça me faisait du bien, c'était le contraire. Non seulement ça me faisait du mal, mais j'en faisais aussi à tous ceux qui m'entouraient. Et plus encore à toi et à ta mère. Ce qui me manque pour réussir à reprendre la vie par le bon bout, c'est de savoir que tu me pardonneras un jour pour toute la misère que je t'ai fait endurer. Je vais faire de mon mieux maintenant pour remplacer ces souvenirs malheureux par des petites images de bonheur, autant que possible. »

Ils continuèrent à marcher sans dire un mot. C'est Jean-Sam qui rompit le silence.

— Je ne sais pas si, là, maintenant, je serais capable de te dire que je te pardonne tout.

Son père allait parler, mais Jean-Samuel continua sur sa lancée :

— Mais je sais que ça va venir, et c'est peut-être pour ça que je ne me presse pas. Je pense que dans le fond... j'ai confiance.

Pour la première fois, ils se regardèrent dans les yeux sans éprouver ce vieux malaise qui les avait toujours séparés.

Mais, à cet instant, un bruit d'enfer vint interrompre leur conversation. Un bruit de tôle qui s'enfonce et de verre qui vole en éclats. Un accident venait d'avoir lieu sur la route, à proximité. Tous deux se regardèrent, surpris, incrédules, puis se mirent à courir en direction de la route. Quand ils arrivèrent sur les lieux, la scène était atroce. Une auto était venue percuter le côté d'une autre voiture. Des gens couraient dans un mouvement de panique autour des deux voitures qui ne semblaient plus qu'un seul amas de ferraille immobile dans la poussière et la fumée. Une forte odeur d'essence se répandait et quelqu'un criait :

— Attention ! Il y a de l'essence partout ! Ça peut sauter n'importe quand !

Jean-Pierre Gascon fit signe à son fils de rester à distance, mais celui-ci n'obtempéra pas et le suivit pour se glisser entre les deux voitures impliquées dans l'accident. Pendant que les premiers arrivants travaillaient fébrilement à sortir les occupants de l'une des voitures, une femme et un enfant restaient coincés dans l'autre.

La femme bougeait à peine, comme engourdie par le choc. L'enfant pleurait, attaché dans son siège d'auto. Jean-Pierre tenta d'ouvrir la portière, mais elle était coincée. Jean-Sam s'aperçut que le coffre s'était ouvert sous le choc et il s'y précipita pour aller chercher le levier de cric. Avec cette barre de fer, le père parvint, après plusieurs essais, à faire sauter la serrure de la porte. Ils tirèrent rapidement la jeune femme hors de la voiture. À mesure qu'ils parvenaient à la bouger, elle reprenait connaissance, hébétée de retrouver la réalité en plein enfer. Jean-Sam passa le bras de la jeune femme autour de son cou et l'aida à marcher un peu plus loin pendant que son père s'affairait à détacher l'enfant de son siège. L'odeur d'essence était nauséabonde et les risques d'une explosion grandissaient. Des flammes commençaient à surgir du capot, comme des doigts de démon dans cette atmosphère enfumée. On entendait les sirènes des véhicules des services d'urgence se rapprocher à vive allure, lorsque le père parvint à dégager l'enfant et à ressortir de l'auto.

Quelques minutes plus tard, une ambulance démarrait en emportant la femme et l'enfant. Leur état n'inspirait aucune crainte. Jean-Sam et son père étaient assis par terre, sur le gazon, observant le travail des pompiers qui achevaient d'arroser l'auto accidentée pour éviter tout risque d'incendie. La fumée se dissipait et les badauds aussi.

Le père allait parler, mais il fut pris de fou rire. Jean-Sam en fut surpris : son père riait, ce qui le fit rire lui aussi, mais timidement. Mais son père, soudain, se mit à rire encore plus fort et Jean-Sam fut gagné, malgré lui, par son hilarité. Quelques instants passèrent avant qu'ils ne parviennent à reprendre un peu leur sérieux. Quand ils s'aidèrent mutuellement à se relever, ils furent surpris de se trouver une légèreté presque aérienne. Leur regard aussi semblait être moins insoutenable. Ils marchèrent jusqu'à la maison, d'abord en parlant peu, puis la conversation prit le sens de leur marche : elle progressait en les faisant avancer tous deux.

Quand ils rentrèrent pour souper, parlant fort avec des éclats de voix, la mère était tellement habituée d'entendre monter le ton pour des disputes qu'elle fut prise de panique. Quand ils se mirent à rire, elle ne comprit vraiment plus. À la fin du récit de l'accident, elle comprenait tout : il avait fallu un traitement choc de ce genre pour rompre la glace qui s'était formée en janvier dernier entre son mari et son fils. Le reste de la soirée se passa bien.

À vingt et une heures, Jean-Sam rentra au centre et, en croisant Isabelle, il lui montra son pouce bien levé en signe de victoire.

Isabelle était heureuse et soulagée de savoir que Jean-Sam s'était réconcilié avec son père, qu'il avait retrouvé le chemin vers sa famille. Mais, en même temps, elle éprouvait une peine et un chagrin : une peine à penser qu'il pourrait maintenant s'en aller et un chagrin en pensant qu'elle n'avait jamais connu son père, décédé alors qu'elle avait à peine deux ans.

17

La conférence

Une fois par mois, un conférencier venait entretenir les jeunes sur différents sujets. Parfois, ces rencontres s'avéraient très dynamiques; d'autres fois, le sujet ou encore le conférencier n'arrivaient pas à séduire la jeune audience et la soirée devenait longue et fastidieuse.

Ce mois-ci, la traditionnelle rencontre ne pouvait mieux tomber puisque, depuis deux jours qu'il pleuvait, plus personne ne savait que faire pour agrémenter les soirées, et les prises de bec étaient en voie de devenir l'activité principale.

Or donc, ce soir-là, tous les jeunes du centre étaient bien installés: quelques-uns dans les fauteuils, d'autres assis par terre, d'autres encore sur des chaises qu'ils avaient rapprochées pour cette occasion. C'est Sylvie, la directrice du centre, qui prit la parole, tout en faisant signe à chacun de faire silence.

— Comme prévu, on a aujourd'hui le grand plaisir (elle jeta un regard complice à son invité) de recevoir Frédéric... notre bon ami Fred. Comme vous le savez déjà, Fred est en centre de transition. Il termine une peine de prison de trois ans, avec remise pour bonne conduite, et il vient ici ce soir pour nous faire partager son expérience. Je lui laisse la place.

Fred, âgé de vingt-quatre ans, était un grand type costaud, d'environ un mètre quatre-vingts. Il avait des cheveux noirs très longs qui lui tombaient au milieu du dos et il était habillé d'une veste de cuir, d'un jean noir et chaussait des bottes de cuir. Quand il s'avança, tous le tenaient déjà presque pour un héros: la version francophone d'Axel Rose. Il avait un air très dur, ce qui créa un effet de surprise quand il sourit à son jeune auditoire.

— Salut! dit-il simplement. Quelques « salut! » résonnèrent en écho.

Fred marqua une pause pour scruter le visage de la quinzaine de jeunes qui lui faisaient face.

— Vous devez trouver que j'ai l'air dur, hein?

— Moi j'trouve que t'as l'air *cool*, lança Justin.

— Moi je trouve que t'as l'air assez beau mec! ajouta immédiatement Annie (Sylvain lui donna un coup de coude).

Fred sourit à cette dernière remarque. Puis, après avoir fait encore une petite pause, il entreprit de leur raconter son histoire.

Frédéric Laberge était un jeune « à problèmes » comme on dit souvent : bagarreur, jamais à l'école, très porté sur l'alcool et la drogue. Il avait beaucoup travaillé à sa réputation de dur et là, mais là seulement, il avait réussi. C'est à l'âge de vingt et un ans que son monde s'était écroulé.

Il entreprit donc de raconter cet épisode de sa vie.

— C'était un samedi soir, on avait bu beaucoup et on était pas mal gelés. Paul nous avait trouvé de la cocaïne. On s'est arrêtés à un dépanneur pour mettre de l'essence. C'est Paul qui conduisait. Je me souviens vaguement de ce qui est arrivé, mais c'était écœurant. Paul a arrêté le moteur et il est descendu de la voiture. Il a mis de l'essence. Ensuite, il a ouvert le coffre de l'auto, il a sorti un fusil de chasse au canon tronçonné, il s'est approché du dépanneur et il a tiré sur le commis à travers la vitre.

« Quand j'ai réalisé ce qu'il venait de faire, je suis resté comme paralysé. J'étais gelé au boutte ; sauf que là ce n'était plus la *dope* mais la peur qui me *buzzait*. Les tripes me brûlaient et j'avais le cerveau en feu. J'ai vu Paul entrer dans le dépanneur, vider le *cash* et revenir à l'auto. Il s'est assis à la place du conducteur, il m'a regardé avec un air diabolique, comme si Satan en personne était venu s'asseoir à la place de mon ami, et on est repartis avec le fusil entre nous deux. Je n'arrivais presque pas à le croire. Quand j'ai repris mes esprits, je me suis mis à gueuler. Paul m'a dit que si je n'étais pas à l'aise, j'avais juste à débarquer. Mais j'ai même pas eu le temps de répondre que les sirènes de police se sont mises à hurler derrière l'auto... presque dans ma tête.

« Paul a accéléré pour se sauver des flics. On n'a pas été bien loin. La poursuite a peut-être duré cinq ou dix minutes, je l'sais plus vraiment. J'avais tellement peur. Je paniquais au boutte jusqu'à ce que Paul rate une courbe et qu'on se retrouve à l'envers dans un fossé. Quand j'ai repris mes esprits, j'étais déjà sorti de l'auto et deux flics me brutalisaient en me passant les menottes. Quand ils m'ont relevé, j'ai vu Paul couché sur le dos dans les débris, tandis qu'un policier le tenait en joue au bout de son revolver. Mais c'était pour rien parce que Paul était déjà mort. Le volant lui avait défoncé la cage thoracique.

« Quand on m'a mis en cellule, c'était comme dans un cauchemar. Je pense que je n'étais ni gelé ni soûl à ce moment-là, mais tout me semblait tellement irréel. Je ne savais pas ce qui allait se passer, mais j'étais sûr d'une chose : la vie ne serait plus jamais comme avant.

« À l'interrogatoire comme au procès, ça s'est bien mal passé pour moi : j'avais beau dire et redire que je ne savais pas que Paul avait l'intention de faire ça, mais personne ne me croyait. Même mon avocat faisait semblant de me croire... ça paraissait.

« Le premier mois en dedans m'a paru plus long que mes vingt premières années. J'en ai bavé et j'en ai fait dans mes culottes souvent. Quand un détenu dit que c'est dur en dedans, ça ne veut pas juste dire en dedans de la prison, mais en dedans de lui : dans ses tripes, dans son ventre. Quand tu te fais mettre dans une cage comme un animal, avec d'autres gars qui réagissent comme des animaux parce qu'ils sont en cage, la peur qu'ils te donnent en entrant tu la gardes tout le temps. Tellement, que c'est même dur de s'en défaire une fois sorti. C'est pour ça, tout à l'heure, que je vous ai demandé si vous trouviez que j'avais l'air dur : parce que si j'ai l'air dur, c'est à force d'avoir peur.

« Je n'ai jamais tué personne, mais j'étais complice. C'est pour ça que j'ai perdu trois belles années de ma jeunesse à me défendre pour ne pas me faire écœurer, ou pour ne pas me faire violer. On trouve de tout dans une prison : des bons gars et de la racaille, et il faut que tout ça vive ensemble, jour et nuit. C'est l'enfer. »

Fred poursuivit le récit de son incarcération pendant près d'une demi-heure encore, puis il conclut ainsi :

— C'est pendant que j'étais en dedans que j'ai décidé qu'un jour j'en parlerais à des jeunes. J'étais malheureux comme j'aurais jamais imaginé qu'on puisse être malheureux. Je souffrais tellement d'être pris dans cette cage que je me suis dit que si je pouvais empêcher que ça arrive, juste à une seule personne, alors ça valait la peine que j'y mette tous les efforts et que j'y mette aussi tout mon temps. Mon temps d'homme libre...

Là-dessus, Sylvie reprit la parole.

— On fait la collation, ensuite on continue avec Fred. Vous pourrez lui poser toutes les questions que vous voulez.

Pendant que chacun se servait une collation, Squatte alla rejoindre Jean-Sam.

— Hé mec... tu sais écrire toi ?

— Bien sûr ! Qu'est-ce que tu penses ?

— Alors voilà ce qu'on va faire : je te raconte ma vie et toi tu mets tout ça sur papier. Ensuite, on trouve un éditeur et on partage les profits moitié-moitié. Regarde ce type, tout le monde était suspendu à ses lèvres pendant qu'il racontait une histoire de rue et de crime. Imagine-toi maintenant l'histoire d'un jeune criminel de seize ans. Ça serait un best-seller, que j'te dis !

— Ouais ! mais est-ce que ça ferait plus d'une dizaine de pages ? demanda Jean-Sam à la blague.

Soudain, Squatte fixa des yeux mauvais et agressifs sur lui, comme quelqu'un qui libère une vieille colère que le temps a gonflée au point d'en faire un volcan. Il prit un ton sec et dur.

— Un jeune qui se fait violer par un « mononcle » à dix ans, qu'est-ce que tu dis de ça ? Juste avec ce passage-là, tu peux mériter le grand prix de la littérature réaliste. Un fugueur de onze ans qui sert de couverture à des prostituées qui le trimballent avec elles pour avoir l'air de bonnes mères quand la police fait une razzia de rue, c'est pas un beau sujet ça ? Et puis la prostitution avec des gros porcs. La première érection qui sert au tournage d'un film pornographique pour pédophiles, c'est autre chose que la merveilleuse histoire de ce beau petit mec... cette espèce de Rock Voisine de la gaffe. Qu'est-ce que t'en dis ? lâcha finalement Squatte sur un ton hargneux avant de lui tourner le dos et de s'enfuir dans sa chambre, à l'étage supérieur.

Jean-Sam était bouleversé. Était-ce vrai ou bien Squatte le faisait-il marcher ? Mais pourquoi lui aurait-il raconté un truc aussi dément ? Il réalisa alors qu'il ne savait rien de Justin. Il ressentit encore une fois cette gêne de n'avoir jamais écouté celui qu'il appelait son ami. Il ne connaissait rien de Squatte en dehors de leur expérience réciproque alors qu'ils étaient en fugue. Jean-Sam était désemparé : comment ferait-il maintenant pour en reparler à Justin ? Allait-il aborder le sujet d'un seul coup ? Ou faire semblant que ce n'était qu'une blague ? Comment se comporterait-il avec Justin dorénavant ?

18

Isabelle et Annie

Pendant que Jean-Sam arpentait sa petite chambre en se rongeant les sangs à propos de Justin, Isabelle, à l'autre bout du bâtiment, entrait dans la salle de bains. Annie y était déjà et, devant le miroir, elle appliquait une crème sur son visage. Isabelle aimait bien Annie. Elles partageaient la même chambre depuis plus de trois mois. Elles avaient presque deux ans de différence, deux années qui, il y a trois mois, paraissaient deux siècles. Mais, depuis, on avait l'impression qu'Annie avait déployé ses ailes, tel un papillon. À mesure que l'importance de la différence d'âge semblait s'amenuiser, l'amitié, elle, allait grandissant. Isabelle aimait beaucoup Annie ; Annie avait toujours admiré Isabelle.

— Tasse-toi ! T'es trop belle, j'ai l'impression que le miroir fait BEEUUURK ! quand il me voit apparaître, blagua Isabelle.

Annie lui sourit sans répondre. Elle n'était pas vraiment timide, mais très réservée. Isabelle avait vite appris que sa copine de chambre était très sélective dans ses amitiés et que les choses personnelles devaient toujours le rester, sinon…

— C'est toi la plus belle, lui répondit simplement Annie en regardant le reflet de sa copine dans la glace.

— Ouais ! C'est ce que je me disais… jusqu'à hier soir ! Chaque fois que je regardais dans les yeux de Sylvain, je me disais : « C'est sûr, c'est sûr, sûr, sûr que c'est moi la plus belle du monde. » Mais, hier soir, j'étais rendue au deuxième sûr de sûr, sûr, sûr, quand mademoiselle Annie est passée. Et pour la première fois de ma vie, j'ai vu les yeux de mon beau chevalier se tourner vers une autre.

Annie rigolait. Elle dit tout bas.

— T'en as déjà un *chum*, avec Jean-Sam. Tu pourrais au moins me laisser ton deuxième choix.

— AAAAAAH ! j'en étais certaine ! T'es amoureuse de Sylvain, petite vermine !

— CHUUUUT ! fit Annie en mettant un doigt sur sa bouche. Ne parle pas de ça ici.

Elles sortirent de la salle de bains en se bousculant et en riant. Puis elles partirent en courant vers leur chambre commune, malgré les protestations de l'éducatrice. Elles en refermèrent la porte et s'assirent l'une en face de l'autre.

— Dis, tu l'as embrassé ? demanda Isabelle.

— Ouuuuiiii ! répondit Annie en enfouissant sa tête sous ses oreillers.

Elle qui n'avait jamais été exubérante devenait soudainement complètement folle.

Elles parlèrent toutes les deux comme elles ne l'avaient encore jamais fait, surprises elles-mêmes de se découvrir une si belle amitié. Après le passage de la gardienne de nuit pour le couvre-feu, elles s'installèrent dans le même lit pour continuer à parler sans risquer de se faire avertir de se taire et de dormir.

— C'est un superbon gars, Sylvain, dit Isabelle. Jean-Sam aussi, mais il est moins *cool* un peu, je trouve. Il est jaloux, dit-elle en riant sous les couvertures avec sa copine. Mais il commence à se connaître alors, il se force pour s'améliorer. Tu sais, on est chanceuses quand même de connaître ces deux gars-là. La plupart sont tellement cons.

— Et on ne parle même pas de Sasseville, dit Annie.

— Sasseville c'est pas une merde, c'est le tas au complet, dit Isabelle d'un air supérieur. Mais il y en a des masses de cons, sinon, où on trouverait les joueurs pour la Ligue nationale de hockey ou bien les clubs de football ? finit-elle en riant de plus belle avec Annie.

— Moi, ceux que je trouvais les plus dégueulasses, c'étaient les amis de ma mère, dit Annie. Si on peut appeler ça des amis! Tu sais, le genre de bonshommes qui regardent une fille en disant: «Regarde-moi c'te paire de boules!» ou bien encore: «*Check*-moi ce cul!»

Pour la première fois depuis son arrivée au centre, Annie parla de sa mère. Elle sembla d'abord hésiter en réalisant qu'elle s'ouvrait sur un sujet qui la rendait vulnérable à la mesquinerie des autres. Mais Isabelle n'était pas mesquine, elle était son amie. Cette confiance poussa Annie à continuer. Dans la pénombre de la petite chambre, pendant qu'Isabelle faisait une tresse de ses longs cheveux châtains, Annie se raconta:

— Ma mère dansait nue dans un bar, alors tu t'imagines l'opinion que les hommes avaient d'elle. Parfois, c'est à se demander s'ils nous prennent pour de la viande, réfléchit-elle. Quand les gars nous regardent avec des yeux d'itinérants affamés, ça me donne l'impression de ne pas valoir plus cher qu'une livre de bœuf haché.

— Ouais! Et plus le bœuf haché est gras et moins il vaut cher! renchérit Isabelle, ce qui fit bien rire Annie. Elle ajouta, sur sa lancée: plus l'aiguille de la balance monte et plus le machin du gars descend.

Elles se tordirent de rire en essayant de ne pas faire trop de bruit. C'est Annie qui reprit la conversation.

— Si Jean-Sam devenait gros, est-ce que tu l'aimerais quand même ?

Isabelle ne put répondre que par un éclat de rire et elle dut vivement plaquer sa main sur sa bouche en s'imaginant Jean-Sam avec une bedaine de femme enceinte de six mois. Les épaules lui sautaient alors que sa main rivée sur sa bouche empêchait son rire de se faire entendre : elle s'imaginait Jean-Sam bedonnant, chauve et barbu, avec une cigarette et une petite bière.

Annie, réjouie par l'hilarité de sa copine, poursuivit dans la même ligne de pensée.

— On a beau rire et déconner sur les gars, je pense qu'on n'est pas tellement mieux, finit-elle par dire. Nous aussi on est *accros* au beau *body*. Et puis, des bars de danseurs nus pour les femmes, ça existe tu sais, ma mère m'en a déjà parlé. Je ne t'expliquerai pas ce qu'ils font pour exciter leurs clientes, ça me gênerait trop.

Elles blaguèrent encore quelques minutes sur l'attirance physique qui rapprochait un sexe vers l'autre. Puis, après quelques instants de silence, Annie ramena la conversation sur un sujet plus sérieux. Beaucoup plus sérieux.

— Je pense que je l'aime. Je pense que j'aime Sylvain. Quand il me regarde, je deviens toute patraque : je ne sais plus marcher, je ne sais plus parler, je suis maladroite et je ne sais plus rien faire. Je n'ai pas beaucoup d'expérience avec les gars, tu le sais bien.

— Tu n'as qu'à te laisser aller, c'est tout. Sylvain, c'est un gars super. Et je suis sûre qu'il est amoureux de toi. Sûre, sûre, sûre. Tu sais, tout à l'heure, quand je te disais qu'il ne me regardait plus quand tu passais, c'est très vrai. Je n'avais encore jamais vu Sylvain changer d'air quand il parle avec moi et qu'une autre fille approche. Isabelle fronça les sourcils et elle dit : SI SYLVAIN ÉTAIT ENCORE MON CHUM... JE T'ARRACHERAIS LES YEUX !

Annie riait. Isabelle souriait. C'est encore Annie qui relança la conversation.

— Hé ! Isa ! Ça te plairait si je t'appelais Isa ?

— Oui, j'aime ça ! Isa, ça fait plus *cool*.

— Tu n'as pas de sœur ? demanda Annie.

— Ni père ni frère... juste une mère et ce n'est pas la relation rêvée.

— Ça te dirait d'en avoir une... une sœur, j'veux dire ? continua Annie.

— C'est d'acc ! Mais tu ne me piques jamais mes *chums* avant que je les aie laissés tomber et

156

tu me demandes toujours la permission avant de m'emprunter mes chandails.

— Juré! répondit Annie avec une lueur de bonheur dans le regard.

Il était près d'une heure du matin quand Annie sortit du lit d'Isabelle pour regagner le sien. Elle était amoureuse. Elle était heureuse. Elle avait enfin ce qu'elle avait toujours demandé au père Noël: une sœur. Elle avait même ce qu'elle n'avait jamais osé espérer: l'amour. Elle mit beaucoup de temps à s'endormir; jamais ses rêves n'auraient pu être aussi doux que ses pensées.

19

La désorganisation

Comme tous les samedis, au centre d'accueil, il y avait deux choses particulières. D'abord, les jeunes étaient moins nombreux, puisque plusieurs étaient en visite dans leur famille ; ensuite, tous ceux qui restaient passaient la journée ensemble parce qu'il n'y avait pas d'école. Ils pratiquaient alors des sports et jouaient à des jeux. La table de ping-pong restait ouverte du matin au soir. L'immense table verte, qui occupait tout l'espace central de la salle de jeu, faisait le grand bonheur du champion de tennis sur table toutes catégories, Souléman (Soul Man) Diakité. Ainsi, le jeune Noir pouvait impressionner tous et chacun avec ses smashes, ses blocages et ses effets. De surcroît, sa souplesse et sa grande agilité rendaient cette démonstration sportive particulièrement spectaculaire. En un mot, Souléman aimait en mettre plein la vue, ce qui mettait Adolphe junior (le Schleu) hors de lui. Il devait se retenir pour ne pas s'attaquer au jeune

Jamaïcain, frustré qu'il était de le voir en imposer ainsi à tout le monde alors que lui, le roi nazi, ruminait dans l'indifférence la plus totale.

Deux éducateurs, Alain et Maryse, étaient sur les lieux.

— Je vais au deuxième étage faire l'évaluation de la propreté des chambres, dit Alain.

Maryse lui répondit par un signe de tête affirmatif tout en lisant les rapports des éducateurs sur les activités et le comportement des jeunes au cours de la journée précédente.

— ...Et vlan dans les gencives ! s'écria Souléman en battant Jean-Sam à plate couture. Tu joues comme une vieille tante mais avec un peu d'entraînement, tu pourrais peut-être t'améliorer.

— T'es né avec une raquette de ping-pong dans ta couche, lança Jean-Sam, dépité de n'avoir pu offrir une meilleure résistance à Souléman, qui s'amusait beaucoup de sa déconfiture.

À ce moment-là, le grand Schleu ne put plus se retenir. Il s'avança lentement, saisit la raquette de ping-pong laissée sur la table et regarda Souléman d'un air froid et plein de défiance en prenant place au bout de la table.

— Tu vois la petite ba-balle, dit Souléman

au *skin head* en lui offrant son sourire le plus sarcastique (et, là aussi, il était un spécialiste), je vais te la faire bouffer, que t'auras même pas le temps de la sentir passer entre tes dents !

Adolphe junior eut cette fois un large sourire, mais sans joie, presque méchant. Souléman servit la balle avec une rapidité telle qu'Adolphe n'eut pas le temps de réagir.

— Un à zéro ! dit ironiquement Souléman.

Puis, le Jamaïcain exécuta un service plus lent, mais l'effet de la balle fut si spécial qu'Adolphe la rata de quinze centimètres.

— Deux à zéro ! dit encore Souléman d'un air satisfait.

Adolphe massait des doigts le manche de sa raquette de ping-pong dans un mouvement lent, sournois et régulier. Squatte remarqua les muscles saillants des avant-bras d'Adolphe : ce dernier s'apprêtait à frapper fort. Quelque chose dans la froideur des yeux d'Adolphe sonnait l'alerte dans l'esprit de Squatte qui eut tout à coup envie d'arrêter ce jeu. Mais il n'avait aucune raison logique de le faire.

Souléman prenait un malin plaisir à se payer la gueule d'Adolphe. Il décida d'augmenter cette jouissance en se moquant davantage du peu de talent de son adversaire. Tous les jeunes sans exception étaient captivés par ce duel. Le jeune Noir servit la balle lentement et en ligne droite, de façon presque enfantine, tellement il était certain de battre Adolphe. La balle rebondit une fois, passa au ralenti par-dessus le filet, frappa une seconde fois la table tandis que Souléman souriait à l'idée de ridiculiser Adolphe. Durant tout le trajet de la petite sphère blanche, Adolphe repliait le bras par-derrière pour *smasher*. Puis, dans un mouvement extrêmement rapide, il passa par-dessus la balle, qui poursuivit sa course lente vers le fond de la salle, et lança sa raquette au visage de Souléman avec toute la vigueur dont il était capable. Souléman, vif comme l'éclair, réussit à peine à placer sa raquette devant l'objet lancé comme une fronde vers son visage. La raquette d'Adolphe frappa de travers la main de Souléman et lui laboura le côté droit du visage avant d'aller finir sa course contre le mur voisin.

Sous le choc, Souléman fit trois pas à reculons et s'affala, en se tenant le visage, dans le fauteuil qui se trouvait derrière lui, alors qu'Adolphe bondissait déjà par-dessus la table de ping-pong pour terminer son travail de vengeance. Mais il fut happé au passage par Squatte qui le bloqua, tel un joueur de football, et le plaqua par terre. Le bruit sourd de leur corps retombant sur le plancher fut accompagné des cris des jeunes qui alertaient l'éducatrice de ce qui se passait.

Maryse arriva en trombe et réussit à attraper le bras de Squatte, qui était par-dessus Adolphe, afin de l'empêcher de frapper son adversaire. Mais Adolphe se dégagea et le coup qu'il destinait à Squatte vint briser le nez de l'éducatrice. À ce moment-là, Alain, alerté par les cris, arrivait au pied de l'escalier et, sans perdre une seconde, se jeta sur les deux belligérants, tandis que Maryse versait sur le côté en tenant son visage meurtri. Il fallut à peine une minute, mais beaucoup d'efforts à Alain pour séparer les deux bagarreurs. Heureusement pour lui, Squatte se dégagea et il laissa Alain maîtriser Adolphe. Ce dernier, réalisant qu'il ne pouvait plus rien faire, abandonna rapidement toute résistance et Alain n'eut plus qu'à l'accompagner à la chambre d'isolement, tandis qu'on le traitait de pourri, de bâtard, de lâche et de quelques autres qualificatifs.

En se rendant à la chambre d'isolement, Adolphe reprit cet air hautain qui le caractérisait si bien. Il était fier de lui.

Quand Alain revint sur « le plancher », Maryse, le nez sanglant enfoui dans un mouchoir, était déjà en communication téléphonique avec Sylvie, la directrice du centre : d'abord, pour assurer le transport de deux personnes à l'hôpital ensuite, pour appeler un autre éducateur pour terminer la journée ; mais, surtout, pour que la directrice décide du sort d'Adolphe junior.

Adolphe se défendit bien d'avoir volontairement blessé Souléman. Il ne cessait de répéter que la fameuse raquette lui avait « glissé » des mains. Mais tout dans son attitude donnait à penser qu'il mentait, alors que sa ruade pour terminer son sale boulot confirmait sa ferme intention de blesser le jeune Noir. C'est à peine s'il faisait un effort pour être convaincant. Bref, il se contenta de nier, malgré la conviction unanime des témoins : il avait fait exprès pour blesser Souléman.

À seize heures, Maryse et Souléman revinrent de la clinique. La première avait le nez cassé, le second, une fracture au doigt et une blessure à l'arcade sourcilière, ce qui lui donnait un magnifique œil au beurre noir, plus noir encore que son teint.

Entre-temps, la directrice avait conclu une entente avec un centre de détention qui avait un adolescent en probation à placer en milieu ouvert. Adolphe irait prendre sa place en détention ; cet échange se ferait dès que des accusations auraient été portées contre lui pour voie de fait sur une personne mineure et sur une éducatrice.

Comme chaque fois qu'un tel événement se produisait, l'atmosphère fut plutôt lourde le reste de la journée. Alain eut beaucoup de difficultés à détourner l'attention des adolescents de cette agression, et le sujet revint sur le tapis en une tornade de commentaires revanchards quand ils virent arriver Maryse et Souléman. Le Jamaïcain alla directement voir Squatte pour le remercier ; Maryse lui avait raconté l'intervention de Justin, et elle dut aussi reconnaître que, sans ce vif réflexe, Souléman aurait peut-être subi des blessures beaucoup plus graves.

— Mais j'aimerais ça quand même si t'arrêtais de ronfler, conclut Souléman à la blague.

— Tu peux prendre l'ancienne chambre d'Adolphe, répliqua Squatte, par défi.

— Es-tu fou, mec ! J'aurais toujours peur de me réveiller chauve avec un tatouage sur le crâne. Pire encore... blanc !

20

La sortie

Sylvie était l'éducatrice de service ce jour-là. Et elle était, comme directrice du centre, responsable de la plus grande sortie de l'année pour ses pensionnaires. Elle constata rapidement, en se présentant devant le petit groupe survolté réuni dans la salle de jeu, qu'il lui faudrait faire preuve de beaucoup d'autorité pour ramener les jeunes à l'ordre. Elle leva les deux mains et les rabaissa comme si elle appuyait sur un immense couvercle invisible.

—Sileeeeennnnnnnce ! ! ! fit-elle, exaspérée par l'exubérance de toute la troupe. Si c'est trop compliqué et si ça vous perturbe tant que ça, on va tout laisser tomber, dit-elle en baissant progressivement le ton.

Ils se turent immédiatement. Elle en profita pour récapituler et relancer l'organisation de l'activité.

— Ce sera donc la fin de semaine de la Saint-Jean-Baptiste : trois jours de canot-camping au parc du Mont-Tremblant. Il vous reste une chose à faire et c'est de trouver une activité de financement afin de défrayer le coût des emplacements. Le centre paie tout le reste, c'est-à-dire le transport, la location de canots, la bouffe et tout et tout. Ça veut dire qu'il vous faudra trouver une activité de financement qui puisse rapporter environ trois cents dollars. Qui a des suggestions ?

— Je vais vendre mon corps, dit l'une des filles tout bas à Sylvain, pensant que Sylvie ne l'entendait pas.

— Julie, tu montes te retirer dans ta chambre et tu dis à Alain que tu n'as pas la permission de redescendre avant midi.

— Aaaaah ! pourquoi ? lança-t-elle à l'éducatrice.

— T'as besoin que je te donne des précisions ? rétorqua Sylvie.

Mais Julie, en maugréant, avait déjà entrepris de s'en aller.

Après quelques discussions, cette fois-ci plus calmes et mieux organisées, l'idée la plus intéressante se fit entendre. Elle vint d'Isabelle.

— On devrait vendre quelque chose de pas cher et dont tout le monde a besoin. Je ne sais pas, moi... des ampoules électriques, par exemple. Comme ça, du coup, les gens nous encourageraient en se procurant quelque chose d'utile.

— Des ampoules électriques! Ouais, une idée lumineuse! ajouta Souléman.

Tous se mirent d'accord. Jean-Sam fut nommé responsable du site de vente, ce qui voulait dire qu'il devait solliciter les propriétaires d'un endroit public afin qu'ils puissent y vendre leurs ampoules. Souléman était son partenaire dans cette démarche. Quant à Isabelle, elle fut nommée responsable de l'achat des ampoules, ce qui voulait dire essayer de les payer le moins cher possible ou, encore mieux, de les obtenir gratuitement. Finalement, Sylvain s'occuperait des réservations et Justin verrait au transport de la bouffe et du matériel de camping.

Quand Sylvain vit apparaître Annie (il se demandait bien où elle était passée alors qu'elle avait dû s'absenter quelques minutes pour répondre à un appel téléphonique), il lui lança immédiatement:

— Hé! Annie! c'est moi qui fait les réservations pour le canot-camping, j'te garde une place.

— J'ai bien peur que non, laissa tomber Annie, visiblement déçue, parce que c'est cette fin de semaine-là que j'intègre mon foyer d'accueil. Paraît qu'il y a une grande fête pour la Saint-Jean et qu'il faut absolument que j'y sois.

Sylvain, lui, était doublement déçu par cette nouvelle et son sourire mourut sur ses lèvres. D'abord, Annie ne serait pas du voyage mais, surtout, elle quitterait le centre dans moins d'un mois. Rien que le fait de la voir ainsi abattue suffisait à le déprimer. Mais Annie se refusa à la tristesse. Elle se ressaisit et dit avec le sourire :

— T'sais Sylvain, dans ma nouvelle famille d'accueil, j'ai droit à la visite et ils ont de la vaisselle in-cas-sa-ble.

— Décidément ! ma renommée de gaffeur est devenue internationale ! répondit Sylvain à la blague, mais il reprit rapidement son sérieux. Je veux qu'on se voie tout le temps ! ne put-il s'empêcher de lancer. Enfin... aussi souvent que possible, ajouta-t-il pour atténuer l'ardeur qu'il avait mise dans sa déclaration.

Ils parlèrent encore quelques minutes, un peu à l'écart. En fait, la conversation n'était qu'un prétexte : ils se regardaient en se soûlant de la beauté de leur jeunesse. Annie sentait les paroles de Sylvain pénétrer dans son oreille et couler dans ses veines ; Sylvain buvait l'air autour d'Annie et s'en désaltérait comme à une source de vie, une source rare et longtemps recherchée. L'amour est une bulle qui empêche les intrus d'approcher et le temps qu'elle renferme est un espace arraché à l'infini. Annie sentit à ce moment précis ce qu'était un vertige amoureux et elle se grisa de cette douce peur que l'on ne connaît qu'au sommet de ses émotions. Quand les autres s'approchèrent, Annie dut s'ébrouer mentalement pour retrouver la réalité, pour redescendre sur terre.

Les pourparlers organisationnels reprirent après cette courte pause. Tous les adolescents, malgré la déception de ne pas voir Annie les accompagner, s'affairèrent aux préparatifs de la campagne de financement. Pendant que les activités de cette fin de semaine en plein air s'élaboraient, Sylvain en profita pour s'approcher d'Annie qui se tenait toujours un peu à l'écart.

— Ça m'ennuie quand même que tu ne puisses pas venir, lui dit-il.

— Ouais! C'est vraiment parce que je n'ai pas le choix. J'ai eu envie de demander qu'on déplace ma date de visite, mais il paraît que c'est vachement difficile parce qu'à partir du moment où j'ai accepté mon foyer d'accueil, je ne suis plus reconnue comme bénéficiaire du centre. Et si je change d'idée, je perds ma place en famille d'accueil.

— Même si ça me déçoit beaucoup, dit Sylvain, c'est une bonne chose que tu aies une famille d'accueil. Et puis c'est juste une fin de semaine. Pour le reste... on a tout le temps.

Annie se réjouit quelque peu à la pensée que le temps leur appartenait. Bien que cela ne suffise pas à la remettre de bonne humeur, elle pensait que l'avenir se présentait tout de même bien.

21

Regarde-toi...

Tout le jour, malgré l'agitation fébrile entourant les préparatifs pour la fin de semaine de camping, Jean-Sam demeura préoccupé par la tournure qu'avait prise son amitié avec Justin. Le soir même, n'en pouvant plus de se tourmenter à propos de ce que Justin lui avait avoué, il profita du fait que son éducateur, Alain, était disponible pour le rencontrer. Il lui raconta ce que Justin lui avait dit et Alain lui donna la réponse qu'il craignait.

— C'est tout à fait véridique. Mais je veux que tu gardes ça pour toi. Tu sais, Jean-Sam, c'est seulement parce que Justin t'en a parlé que j'accepte de te parler de lui. Ces choses-là sont confidentielles. Mais tout ça est très vrai. Tu sais, de tous les jeunes de ce centre, Justin est celui qui a vécu les choses les plus dures. C'est même étonnant qu'il ne soit pas plus lourdement hypothéqué par toutes les histoires malheureuses, même horribles, qu'il a vécues. Il est vraiment très fort ce garçon, il m'impressionne. Beaucoup plus fort que toi...

— J'en ai passé des moments durs moi aussi, se défendit aussitôt Jean-Sam. Si tu avais eu la famille que j'ai eue, je me demande bien ce que tu ferais aujourd'hui.

— Je serais probablement éducateur dans un centre d'accueil, répliqua Alain, imperturbable. Ma famille au complet, y compris les « mononcles » et les « matantes », si tu veux savoir, était plus alcoolique que ton père. Et il y a des centaines et des centaines de jeunes qui vivent une situation semblable sans jamais se retrouver en centre d'accueil. Pourquoi, toi, es-tu ici ? T'es-tu posé la question au moins une seule fois ?

— Ce n'était plus tolérable à la maison et j'ai foutu le camp, tu le sais bien, clama rageusement Jean-Sam, avec le regard d'une bête traquée.

— Mais avant de fuguer, qu'est-ce que tu faisais pour essayer de corriger la situation ?

— Qu'est-ce que tu voulais que je fasse contre mon père ? Tu l'as déjà vu ! Il est assez gros pour me tuer... je me poussais pour sauver ma peau, c'est tout !

— Et aussi pour aller fumer une couple de petits joints dans le parc avec tes *chums*. Je le sais, ta mère m'a dit tout ça. Ah oui ! c'est vrai ! t'avais pas assez d'argent pour inviter des filles à sortir, mais t'en avais assez pour te geler la face.

Tu sais, se geler, ça aussi c'est une autre façon de se sauver. Décidément, t'es le roi de la fuite mon Jean-Sam ! Et tu sais c'que c'est le synonyme de fuyard, Jean-Sam ? Un peureux !

— Comment ça peureux ? s'exclama-t-il rageusement en serrant les poings.

Mais cette vive indignation n'impressionna nullement l'éducateur qui, bien au contraire, s'évertua à pénétrer les faiblesses du caractère de l'adolescent.

— T'as même peur de connaître tes propres amis, juste au cas où leurs problèmes seraient trop gros ; que ça te dérange et que tu sois encore une fois obligé de te défiler, ajouta Alain en provoquant volontairement celui dont il avait la charge.

Le rôle de l'éducateur était de conscientiser l'adolescent sur ses mauvais comportements, et c'est à contrecœur qu'Alain creva l'abcès. Jean-Sam était sonné comme un boxeur qui subit une raclée. Lui qui était allé prendre des nouvelles de Justin se retrouvait avec un tas de nouvelles... sur lui-même. Mais Alain n'en avait pas encore terminé avec Jean-Sam, loin de là.

— T'es jaloux, Jean-Sam. Tu t'es senti menacé par l'amitié d'Isabelle pour Sylvain. Ça aussi c'est de la peur. Aussitôt que tu vois quelqu'un approcher d'Isabelle, tu t'inquiètes :

« Est-ce qu'elle va préférer ce gars-là ? Est-ce qu'elle va me laisser tomber ? » Et qu'est-ce que tu fais quand ça arrive ? Tu te sauves dans ta chambre au lieu d'en parler. Ta plus grande peur, c'est d'avouer ce que tu ressens. T'as réussi à le faire avec Isabelle. Bravo ! Maintenant, tu vas franchir la deuxième étape : tu vas aller voir Justin et lui demander de tout te raconter, s'il le veut, bien entendu. Et seulement quand il sera prêt. Ne le presse surtout pas. Suggère-lui de le faire, c'est tout. Si tu réussis à retrouver ton ami et à le faire parler, alors là, je pourrai inscrire dans ton dossier que tu t'es amélioré. Il faut que tu t'ouvres Jean-Sam, sinon tu seras toujours un fugueur.

Jean-Sam avait une boule dans la gorge tellement ces révélations lui arrivaient comme un coup de masse au cœur. Tout ça était si indiscutable que, dans son désarroi, il se sentait battu. Il avait honte : honte de tous ses défauts, mais surtout honte de se les avoir cachés à lui-même. Les autres savaient qu'il était comme ça, mais personne ne le lui avait jamais dit aussi franchement qu'Alain. Après avoir réussi à ravaler tout ça, et après bien des efforts pour ne pas s'effondrer en larmes, Jean-Sam demanda :

— Bon ! Je peux m'en aller maintenant ?

— Tu vois ton réflexe, Jean-Sam ? lui demanda Alain : « Je peux m'en aller maintenant ? » Oui, tu peux t'en aller. Je le sais que je t'ai servi tout ça un peu durement, mais comprends bien qu'il fallait que je le fasse. Repense à tout ça et on en reparle demain. Mais, tu sais, t'es un bon gars malgré tout. Allez ! Bonne nuit quand même !

Jean-Sam quitta le petit bureau des éducateurs en tentant de se donner un air normal, malgré la claque qu'il venait de recevoir. Il accomplit, comme un zombie, les tâches de fin de journée. Une fois dans sa chambre, il put enfin faire la seule chose dont il avait envie : pleurer sur lui-même afin que cette crise de larmes libère toute la pression qu'Alain avait exercée sur lui. Il s'endormit sans aucune pensée heureuse pour le réconforter ; même son amour pour Isabelle n'arrivait pas à le réjouir. Il lui restait un dur travail à faire : briser cette carapace qu'il s'était façonnée au cours de toutes ces années de fuite. Il devait cesser cette sempiternelle fuite en avant et revenir encore une fois pour faire face à la situation, comme il l'avait fait avec son père. Mais combien de fois fallait-il recommencer ? Combien de fois ?

22

Regarde-moi...

Tous les jeunes avaient participé à l'activité de financement pour la fameuse fin de semaine de canot-camping. La vente d'ampoules électriques s'était avérée très fructueuse et l'objectif financier avait été atteint, voire même dépassé. Le beau temps estival venait emballer cette journée bien remplie pour en faire un véritable cadeau des dieux. Jean-Sam vit que Justin semblait particulièrement de belle humeur : toute la journée, il s'était bien amusé avec Isabelle. Aussi, Jean-Sam décida-t-il d'aller rejoindre son ami au deuxième étage pour un brin de causette.

— Salut ! Je t'ai apporté un cadeau, fit-il en lui tendant une ampoule électrique.

— On a passé la journée à vendre ces bidules-là et tout ce que tu trouves pour me récompenser, c'est de m'en apporter un, dit Justin à la blague.

— Non ! C'est pour faire un peu de lumière.

Justin hésita quelques secondes, puis il dit :

— Je ne savais pas que t'avais autant le sens de la mise en scène. T'as sûrement dû prendre des cours pour ça...

— Je le sais, c'est pas fort ! répondit Jean-Sam. Pourtant, ça fait deux jours que je n'arrête pas de penser à toi à chaque minute ; de me demander comment je pourrais bien faire pour te parler. Si j'étais honnête, je crois que je devrais juste m'excuser : m'excuser de ne pas t'avoir demandé ton vrai nom durant notre fugue ; m'excuser de ne pas t'avoir écouté tandis que toi, non seulement tu m'écoutais, mais tu me faisais dire des choses sur moi-même que j'aurais continué d'ignorer sans tes questions. T'avais envie de me parler, sinon tu m'aurais pas largué tout ça l'autre jour. Mais moi, avec mon égoïsme total, j'ai pas su t'en laisser la chance. Je le sais bien que tu ne te mettras pas à me conter ta vie comme ça, juste parce que je te le demande. Mais, bon, si t'en avais envie, à un moment ou un autre, j'aimerais bien te connaître pour vrai.

Un silence, long et lourd, suivit ces paroles de Jean-Sam.

— Je suis aussi pogné que toi, pauvre mec, répondit Justin. Je peux affronter tous les problèmes de la rue, vivre dans la misère noire pendant des semaines et des semaines, affronter des gars armés, tout, tu comprends ; sauf me regarder dans un miroir. Ce qui me fait le plus peur c'est pas la mort... c'est ma vie. Quand je repense à ce que j'ai vécu, ça me donne une trouille infernale, ça me brûle la cervelle. Si je t'ai craché le morceau aussi vite que je pouvais l'autre jour, c'est parce que cette peur me revenait et ça me flanquait une angoisse terrible. En te le disant, comme ça, j'avais l'impression que ça me déchargerait un peu et que ça me ferait du bien.

Justin alla s'asseoir près de la fenêtre sans regarder Jean-Sam qui restait dans l'embrasure de la porte. Il continua :

— J'ai peur d'être connu comme je suis réellement. Je veux dire... que quelqu'un sache tout ce que j'ai fait et tout ce que je suis. J'ai passé ma vie à mentir et à frauder pour survivre, ça fait que... tu sais, la vérité et surtout la franchise... c'est pas tellement mon fort !

Il regarda encore dehors, semblant réfléchir à ce qu'il allait dire. Après un court silence, il se retourna vers Jean-Sam et il dit :

— T'as le même problème que moi et tous les gars, mon Jean-Sam : t'es prêt à tout donner, ça oui ; mais pas à tout prendre. Si je te disais que j'ai déjà violé une fille, qu'est-ce que tu dirais ?

Jean-Sam en resta stupéfait, bouleversé.

— C'est une bande d'hommes bizarres qui m'ont fait faire ça, ils m'ont payé pour ça. À trois on a violé une fille et eux, ils filmaient tout ça pour faire un film porno. Tu t'imagines un peu (Justin secouait la tête, comme si lui-même n'arrivait pas à y croire), j'ai été agressé par un bonhomme quand j'étais encore rien qu'un enfant. Alors, j'ai tout vécu d'un seul coup à ce moment-là : le *trip fucké* de l'agresseur et le *bad trip* de l'agressé.

Justin resta encore silencieux un court moment. Ces épisodes de sa vie prenaient des contours odieusement réels alors qu'il s'entendait lui-même les avouer. Il se voyait devenir horrible et vulnérable aux yeux de Jean-Sam et horriblement vulnérable à ses propres yeux. Sans plus oser regarder son ami qui le fixait d'un regard incrédule, il conclut :

— Il me faudrait au moins trois vies juste pour réparer les dix premières années de mon existence !

— Tu peux peut-être...

Mais Jean-Sam n'eut pas le temps de terminer sa phrase. Justin le coupa sèchement en frappant du poing sur la commode.

— Je le sais ce que je peux faire ! Alors fous-moi la paix avec tes conseils !

— Excuse-moi, je voulais juste essayer de

comprendre et de t'aider, mais je pense que tout ça me dépasse.

— Assez pour aujourd'hui, j'aimerais être seul maintenant si tu veux. Salut !

Un autre silence, long, nécessaire, se fit.

— Si jamais je peux t'aider, n'importe quand, je suis là. Je me rends bien compte que je ne suis pas l'oreille la plus attentive de la planète mais, pour mon seul ami, je pense que je pourrais peut-être me découvrir un talent nouveau.

Justin ne répondit pas. Il ne se retourna même pas. Jean-Sam dut se résigner à le quitter, amèrement déçu de n'avoir pas su mieux s'y prendre avec lui. En longeant le corridor menant à sa chambre, Jean-Sam réalisa que sa fugue avait presque été un voyage organisé à Disneyland en comparaison de ce que Justin avait vécu. Il allait se mettre au lit quand Justin apparut dans l'embrasure de la porte.

— Regarde-moi ! Regarde-moi bien maintenant ! Et dis-moi ce que tu vois. Dis-moi comment tu me vois maintenant.

Jean-Sam le regarda froidement dans les yeux en laissant tomber toute forme de compassion. Il ne restait plus que la vérité sans faux-fuyant.

— Comme un petit gars, répondit Jean-

Sam. Un petit gars qui a vu trop de choses et qui devra grandir encore pour toutes les comprendre. Mais je vois surtout un ami, un ami que j'ai eu peur de perdre.

Justin esquissa un faible sourire.

— Bonne nuit mec !

— Bonne nuit !

Pour la première fois de sa vie, en entrant dans sa chambre, Justin eut l'impression que la bonté faisait partie de son existence. Quelqu'un le connaissait, vraiment, et ce quelqu'un l'aimait, vraiment. Justin, qui ne croyait toujours en rien, remercia quelque chose, peut-être la vie, pour le bonheur de cette amitié.

23

La fin de semaine

C'était le branle-bas dans le centre. Le vent entrait par toutes les portes grandes ouvertes. Il faisait chaud, il faisait beau ; les visages, tous sans exception, étaient souriants et les yeux pétillants. Dans le hall d'entrée, les bagages empilés formaient une montagne : sacs de couchage, vêtements, réchauds, etc. Tous allaient et venaient comme des fourmis dans leurs galeries souterraines. Justin était monté sur la camionnette pour placer l'équipement dans une énorme boîte fixée sur le toit, tandis que Jean-Sam et Isabelle veillaient à utiliser l'espace restant au maximum, afin d'y ranger les affaires de chacun.

François, Maryse et Alain avaient fait un premier voyage la veille pour aller porter du matériel sur place et installer les tentes. François était revenu seul, laissant aux deux autres la surveillance du matériel au cours de la nuit. Les onze jeunes qui prenaient part à l'expédition s'occupèrent du chargement de la nourriture et du matériel dans la remorque accrochée à la camionnette et, vers les dix heures, tout était fin prêt pour le départ.

La meute d'adolescents se rassembla pour réviser une dernière fois les consignes. Ensuite, au signal de Sylvie, ils montèrent dans la camionnette en direction de Mont-Tremblant. Tous discutaient avec entrain des activités auxquelles ils participeraient au cours de ces trois jours. Tous sauf un seul.

Sylvain, un peu en retrait, regardait par la fenêtre en se disant combien ce serait bon si Annie était du voyage. La veille, il lui avait dit au revoir alors qu'elle faisait ses bagages pour rejoindre sa famille d'accueil. La jeune fille avait bien tenté de dissimuler son chagrin de se voir séparée de ses amis et, surtout, d'être privée de ce voyage en compagnie de son amoureux. Sylvain l'avait vue passer nerveusement la main sur son visage quand ses yeux s'embuaient ; elle pleurait en tentant de sourire. Depuis ce dernier moment avec Annie, il n'avait cessé de déprimer, de s'enfoncer dans le vide amoureux ; cette absence qui le laissait seul parmi les autres.

Après plus d'une heure de route, au cours de laquelle la ville avait cédé la place aux petits villages isolés, puis aux chemins de forêt, ils arrivèrent au poste d'accueil du parc, remplirent quelques formalités et roulèrent encore près d'une demi-heure jusqu'à la rivière du Diable. Ils trouvèrent un endroit sublime avec un lac vaste et tranquille donnant sur une rivière où venaient s'abreuver les orignaux et les chevreuils. Les tentes étaient montées en aval de la rivière lovée au creux des montagnes. Tout autour une végétation riche, saine et dense servait de refuge et de nourriture à une faune de joyeux écureuils, de ratons chapardeurs et, parfois, d'impressionnants ours noirs. Le paradis quoi!

En arrivant, ils mangèrent quelques sandwichs déjà préparés par Simon, le cuisinier du centre. Ils s'affairèrent à dérouler les sacs de couchage pour la nuit et à disposer les tables de pique-nique autour de l'emplacement du feu de camp. Tout le site avait été réservé pour le centre d'accueil. Bientôt une camionnette du parc arriva avec quatre canots et deux kayaks, des gilets de sauvetage et des pagaies. Quelques campeurs partirent en promenade sur le lac tandis que d'autres se baignèrent ou allèrent à pied faire une reconnaissance des lieux.

Dans un canot, Jean-Sam pagayait derrière et Isabelle devant, tandis que Justin se la coulait douce, tout affalé au milieu de l'embarcation sur un lit de gilets de sauvetage.

Ils traversèrent tout le lac sans s'arrêter;

puis ils cessèrent de ramer pour se laisser dériver dans le plus beau coin de nature qui soit, à quelques mètres d'une île. Tout près, un ruisseau qui dévalait de la montagne servait de musique au chant des oiseaux. Ce calme immense tranchait avec toute l'animation qui régnait depuis le matin. Aucun des trois jeunes ne bougeait, respectant presque religieusement la quiétude de l'endroit.

— C'est bizarre la nature, dit Justin. On est ici, maintenant, et dans quelques jours on sera ailleurs. Mais la nature ici, elle n'aura pas changé. Elle va rester pareille. On est comme des milliers de petites bibites qui courent partout. Mais la montagne, elle, ne bouge pas. Les arbres grandissent, ils pourrissent et ils tombent. Il y a d'autres arbres qui vont pousser. Mais la montagne, elle, ne changera pas.

— T'es un grand philosophe, dit Isabelle. C'est pour ça que je t'aime.

— Niaise pas! coupa sèchement Justin. Tu sais bien que c'est vrai ce que je dis.

— Mais c'est quoi, ce que tu dis? interrogea Isabelle.

— Qu'il y a des choses qui passent et que nous autres on fait partie de ces choses-là. Et il y a d'autres choses qui restent, toujours, tout le temps.

— Comme le bon Dieu ? dit Jean-Sam, l'air un peu absent, toujours sous le charme de cette immense forêt.

— Tu crois à ça toi, le bon Dieu ? rétorqua Justin sur un ton dérisoire.

— Je ne sais pas trop trop, répondit Jean-Sam, mais il faut bien croire en quelque chose, sinon... ça ne vaut pas la peine de vivre.

— Moi aussi, je crois qu'il y a quelque chose de plus grand, dit Isabelle en admirant le panorama. Quelque chose qui était là avant et qui va être encore là après. C'est pour ça que je pense que ça vaut la peine d'avoir des enfants. Tant et aussi longtemps qu'il y aura des êtres qui restent quand on meurt, après bien des années, on en saura un peu plus sur ce qui est si grand et qu'on ne peut pas connaître durant notre vie.

— Wow ! ! ! C'est songé ça, dit Justin. C'est un peu comme une course à relais, sauf que plutôt que de se passer un bâton, on se passe les connaissances que l'on a acquises au cours de notre petite vie.

— Tu fais des résumés percutants, Squatte, dit Jean-Sam.

— Ne m'appelle plus jamais Squatte, veux-tu ? C'est fini ce nom-là, il allait avec un temps et ce temps-là aussi est fini. Ça n'a plus rien à voir avec moi maintenant.

— Je suis d'accord. Je pense même que c'est pour te débarrasser de ce surnom que je l'ai prononcé ici. C'est un bel endroit pour enterrer son passé, qu'est-ce que t'en dis Justin ?

— Ouais ! c'est un bel endroit. Un endroit merveilleux, pensa Justin tout haut en s'étirant de tout son long dans le canot.

— Attention les gars ! Je me retourne, dit Isabelle.

— Hé ! attention de ne pas nous faire chavirer, dit Jean-Sam pendant qu'Isabelle pivotait sur son banc pour faire face aux deux garçons.

— Voyons donc, Jean-Samuel Gascon ! s'exclama Justin. Qu'est-ce que tu dis là ? Tu sais bien que ça fait longtemps qu'elle nous a fait chavirer. T'es prêt pour la grande déclaration, mon Jean-Sam ? À trois... un, deux, trrrrrois :

— OOOON T'AIIIIIME ISABEEEELLE ! clamèrent-ils de concert et à tue-tête les bras grands ouverts, amusés par l'écho des montagnes qui superposait sa déclaration à celle des deux adolescents :

...OOn t'aiiiime Isabeeeelle !...

...t'aïïme Isabeeelle !...

...aime Isabelle !...

Isabelle les regardait tous les deux sans savoir s'il fallait en rire ou en pleurer : deux sacs à problèmes, deux imbéciles heureux… Deux gars qu'elle aimait de tout son cœur. Ils restèrent encore en silence quelques instants au cours desquels ils se rendaient compte que cette image d'eux trois, au milieu d'un lac comme au milieu du temps et de la vie, resterait dans leur mémoire à jamais ; une photo d'amis imprimée dans leur cœur, « Justin, Isabelle et Jean-Sam, juin 1996 ».

Ailleurs, dans la forêt, un adolescent triste marchait seul en regardant par terre. La nature et la beauté du paysage ne faisaient que lui rappeler la beauté de celle qui lui manquait tant. Sylvain se sentait perdu, comme dans un rêve qui ne lui appartenait pas, au mauvais endroit et au mauvais moment. Son chagrin ne cessait de lui gonfler le cœur. Il ne pensait qu'à Annie. Annie. Annie…

24

Le canot

Le souper s'était terminé tellement tard (ils avaient mangé comme des goinfres) que le feu qui avait servi à faire cuire les hot-dogs servait maintenant d'éclairage. La fraîcheur de la nuit qui commençait les retenait autour du feu de camp, l'atmosphère était à la détente et même les éducateurs se sentaient en vacances. François avait apporté sa guitare et tous avaient chanté, tant bien que mal, les œuvres qui constituaient son petit répertoire. L'éducateur leur avait interprété des chansons de Paul Piché, Plume, Richard Desjardins, Harmonium et quelques autres Québécois. La chanson « Si j'avais les ailes d'un ange », de Robert Charlebois, avait remporté un assez vif succès, puisque les jeunes l'avaient redemandée à trois reprises. Souléman, pour sa part, leur improvisa une musique *rap* à laquelle tous les jeunes participèrent en tambourinant sur les tables. Cette musique envahit la forêt comme le message d'une tribu en liesse.

Mais Sylvain, taciturne, s'était installé entre deux tables, emmitouflé dans un sac de couchage pour que l'on remarque le moins possible son air triste. Il n'arrivait pas à partager l'enthousiasme des autres, obnubilé qu'il était par l'absence d'Annie. Il ne comprenait pas lui-même pourquoi elle lui manquait tant. Plus tard, quand on éteignit le feu, il alla rejoindre Justin dont il partageait la tente avec Jean-Sam.

Quand tout fut bien tranquille, Justin demanda tout bas.

— C'est le temps?

— Je pense que oui! répondit Jean-Sam.

— Justin fouilla tout au fond de son barda, sortit une bouteille qu'il tenait par le goulot, comme un magicien tire un lapin d'un chapeau en le tenant par les oreilles, et il imita tout bas la voix éraillée de Plume :

— *Si vous payeeeeeeeeeeeeeeeeeeeez... l'cognac!*

C'était effectivement une bouteille de cognac. Lui et Justin s'en envoyèrent chacun une rasade, pour ensuite passer la bouteille à Sylvain. Celui-ci, gêné de n'avoir pas participé avec les autres aux réjouissances de la soirée, se dit que c'était l'occasion de se changer les idées. De toute façon, c'était mieux que de continuer à se morfondre comme il le faisait depuis le départ du centre. Il avala quelques gorgées de ce liquide, qui lui brûla la gorge.

— Ouache ! c'est *hot* c't'affaire-là ! dit-il en présentant la bouteille à Justin.

— J'comprends que c'est *hot*, dit Jean-Sam, ça vient directement de la SAQ, grâce à un tour de magie de Justin. Il continua l'explication en disant que Justin avait volé la bouteille dans un étalage pendant que les magasiniers de la Société des alcools achetaient des ampoules électriques. Tous deux s'amusaient ferme de cette entourloupette pendant que Justin dégustait le fruit de leur méfait.

— Et on l'avait gardée pour cette grande occasion, ajouta Justin en offrant une autre gorgée à Sylvain, qui ne se fit pas prier.

Les esprits commençaient à tourner au même rythme que la bouteille, quand Sylvain leur dit qu'il sortait pour soulager sa vessie. En quittant la tente, il faillit perdre l'équilibre. Il était complètement ivre. Il marcha en titubant jusqu'à l'orée du bois. Quelques instants plus tard, il referma sa braguette et entreprit, tant bien que mal, de revenir à la tente, lorsqu'il s'arrêta net. Alain y entrait en surprenant les deux autres en train de déguster l'alcool volé.

Sylvain se cacha dans l'obscurité. Vraisemblablement, Alain avait oublié qu'il partageait la tente des deux coupables, puisqu'il ne le chercha pas. Aussi, Sylvain marcha-t-il en se cachant un peu plus loin pour prendre le temps de réfléchir à ce qu'il devrait bien faire pour se sortir de cette situation. Mais il n'y parvenait pas. Son esprit était tout embrouillé et il n'arrivait pas à se concentrer sur une idée. En fait oui, il arrivait à se concentrer sur une idée, et toujours la même : Annie. L'alcool, loin d'atténuer la douleur d'en être séparé, venait creuser sa peine pour en faire un gouffre béant. Il aperçut alors le canot. Il se dit qu'en partant sur la rivière, il réglerait d'abord son problème avec l'éducateur mais, surtout, il redescendrait jusqu'à la route et, de là, il pourrait faire du pouce jusqu'à la ville pour aller retrouver Annie.

Subrepticement, il mit le canot à l'eau en faisant le moins de bruit possible (plus loin il entendait Alain faire la morale à Jean-Sam et à Justin), et il se mit à pagayer maladroitement en se laissant porter par le courant. Il se sentit grisé par l'aventure. Quelle idée il avait eue ! Le voilà parti de ce triste camp et en route vers son amour. Son embarcation faillit verser à deux ou trois reprises et il se dit qu'il devait faire attention. À mesure que le stress de son aventure montait, les effets de l'alcool sem- blaient s'amoindrir. Après quelques méandres (une courbe à gauche, deux à droite et encore une à gauche), il sentit le canot prendre de la vitesse de façon inquiétante alors que la rivière allait en s'élargissant. L'obscurité ne l'aidait pas non plus à retrouver son courage puisqu'il n'y voyait plus rien dans ces ténèbres.

Il entendit un grand bruit d'eau plus loin devant et cela le fit paniquer. Il allait bientôt s'apercevoir que la rivière du Diable, à moins de cent mètres, devenait les chutes du Diable. Quand il se rendit compte que le bruit montait et que c'était celui de fortes chutes, les effets de l'alcool disparurent complètement sous la panique. Il tenta bien de pagayer vers le bord, mais le courant l'entraînait irrésistiblement. Plus sa vitesse augmentait et plus le tumulte se rapprochait. Sylvain soufflait avec bruit tellement il pagayait de toutes ses forces pour rejoindre la rive. Quand il vit l'écume des chutes devant lui, il sentit littéralement la peur le saisir au ventre. Trop tard! Il ne pouvait plus rien faire, sa frêle embarcation était maintenant secouée de tous côtés par les rapides et sa vitesse devenait complètement folle. L'eau jaillissait de partout et Sylvain fut bien près de chavirer à plusieurs reprises quand, tout à coup, comme mû par une main géante venue des profondeurs, le canot se souleva dans les airs en frappant quelque chose de dur. Sylvain se retrouva à l'eau, nageant et se débattant de toutes ses forces dans les rapides.

Il se débattit dans les flots en tentant de gagner le rivage, mais ses forces diminuaient rapidement alors que le courant devenait dangereux vers les grandes chutes, hautes de plus de cinq mètres. Quand il fut aspiré par la cascade, déjà presque étouffé par toute l'eau qui s'infiltrait dans sa bouche et son nez, il sentit ses forces l'abandonner totalement. Sa chute se fit comme au ralenti. Elle dura une éternité ; sans fin, sans fond. Le son cessa d'exister et le silence l'envahit. Sa chute parut se perdre dans les chutes du Diable... dans les mains du diable.

Sylvain, dans un dernier spasme de vie, se débattait pour échapper à une mort imminente, lorsqu'une grande lumière se fit dans son esprit. Elle semblait l'appeler vers le calme du ciel bleu.

Sylvain Sylvain
Esprit sylvestre
Arbre parmi les arbres
Bois ce qu'il te reste
Vin de solitude
Solitude du divin
Sylvain baisse les armes
Tu résistes en vain
C'est le vœu de Dieu
Sylvain dis adieu
À tous tes chagrins
Sylvain Sylvain
Bois l'éternité
Sylvain... viens t'y noyer

* * *

Annie, dans cette nouvelle maison d'accueil, à des dizaines de kilomètres de là, s'éveilla en sursaut. Elle avait les yeux grands ouverts avant même qu'elle ne soit en mesure de saisir la réalité. Son rêve était encore présent à son esprit, mais les mots commençaient à lui échapper ; ils n'avaient aucun sens mais, en même temps, ils voulaient tout dire. Elle se leva et se rendit à la cuisine. Cette pièce lui parut étrange, peut-être parce qu'elle n'y était pas encore habituée ? Non ! C'était ce rêve qui résonnait encore à ses oreilles, mais en perdant sa tonalité, en se recouvrant maintenant de silence. Elle n'arrivait plus à se souvenir de ces mots qui étaient sortis de son sommeil avec elle. Il n'en restait plus qu'une émotion, intense et bouleversante.

* * *

Tout était calme dans la forêt laurentienne. La rivière du Diable coulait comme elle avait toujours coulé et comme elle coulerait toujours.

— Alain ! je sais que tu m'as dit de me taire, mais je pense que c'est important, dit Jean-Sam. Sylvain... il était avec nous. Je ne sais plus où il est.

— Il ne manquait plus que ça ! dit Alain exaspéré.

Tous trois se mirent à tourner dans l'obscurité pour le retrouver. Rien. Alain commença à crier tout bas le nom de Sylvain. Pas de réponse.

Le bruit de leurs recherches ne tarda pas à tirer quelques jeunes de leur sommeil et, bientôt, ils furent plusieurs à chercher le jeune fugueur à l'aide de lampes de poche. Comme les recherches s'avéraient infructueuses, les éducateurs se réunirent pour décider de ce qu'ils allaient faire. Trois éducateurs prirent neuf jeunes, formant ainsi trois groupes de quatre, et commencèrent à ratisser les environs, tandis que Sylvie, la directrice du centre, accompagnée de deux autres jeunes, sautait dans la camionnette pour aller chercher de l'aide au poste de garde. Elle roulait rapidement. Tous trois avaient les yeux fixés sur la portion de route éclairée par les phares avec l'intuition d'une catastrophe imminente.

Souléman faisait équipe avec Maryse et deux autres jeunes, mais il n'arrivait pas à concentrer son attention sur les recherches. Il pressentait une tragédie ; il la sentait présente dans l'air. Son esprit était trop occupé à se demander pourquoi c'était toujours les gens qu'il aimait qui subissaient les foudres du destin. Le silence d'Isabelle était le plus éloquent des cris de détresse. Accompagnant François, deux jeunes amis inséparables se suivaient comme d'habitude, mais seulement pour tourner en rond comme un chasseur qui cherche sa propre trace. Les lampes de poche éclairaient partout, mais chacun préférait rester dans le noir pour dissimuler une angoisse qui tordait son visage et vidait son regard. Le cœur d'Isabelle se serrait chaque fois qu'elle entendait quelqu'un appeler le nom de son ami dans l'espoir d'une réponse.

Une demi-heure plus tard, Sylvie revint avec deux gardiens du parc. L'un d'eux lui demanda :

— Combien avez-vous de canots et de kayaks ?

Ils dirigèrent le faisceau de leur lampe de poche vers les embarcations. Sylvie et Alain pâlirent quand ils eurent compté le nombre de canots : il en manquait un.

Aux petites heures du matin, un hélicoptère de la police retrouva le canot brisé au bas des chutes. Les trois lettres PMT, peintes en blanc sur le flanc du canot vert, attestaient qu'il s'agissait bien d'un canot de location et les chiffres 20-1 prouvaient que cette embarcation avait été louée par le centre. Le gardien du parc, en annonçant la nouvelle aux éducateurs, précisa immédiatement que les recherches se poursuivaient pour retrouver Sylvain et il les mit en garde de tirer une conclusion trop hâtive. Les éducateurs annoncèrent la nouvelle le plus doucement possible à deux jeunes qui allèrent la communiquer aux autres. François profita du fait qu'Isabelle se tenait à l'écart pour lui faire part lui-même de la triste découverte. Quelques minutes plus tard, le moral de la troupe était à zéro. Tous convinrent de ramasser le matériel et de s'en retourner au centre. Cette opération se fit dans un silence mortel.

Tout à coup, Justin piqua une crise de nerfs. Il se mit à renverser les tables de pique-nique et à tout casser autour de lui en criant comme un possédé. Alain et François se jetèrent sur lui pour l'arrêter, et il se calma bientôt en fondant en larmes. La culpabilité lui étreignait le cœur et la douleur lui perçait le ventre, comme une lame de métal chauffée à blanc.

Jean-Sam était assis par terre, appuyé à la camionnette, le regard dans le vide, comme si ce qu'il voyait n'appartenait pas à ce monde. Il avait les yeux rougis, mais il n'arrivait pas à pleurer. Isabelle se battait farouchement avec tous ses souvenirs, refusant d'accepter qu'ils soient les vestiges de son amitié avec Sylvain. Elle les repoussait avec une force désespérée ; elle ne voulait pas que le passé vienne remplir ce vide immense, elle n'acceptait pas que Sylvain disparaisse. Elle s'entêtait à refuser sa disparition dans un combat intérieur qui la faisait trembler de tous ses membres. Mais la réalité de son absence, qui ombrageait son esprit comme l'aile noir d'un oiseau de malheur, tua ses derniers espoirs. Elle alla se réfugier dans la camionnette, regarda par la fenêtre cette rivière qui avait emporté son ami et se mit à frapper la vitre faiblement en cédant au chagrin mortel qui lui glaçait le sang. Elle appelait son ami sans pouvoir émettre un son, versant quelques larmes amères et froides. Le départ se fit comme une marche funèbre. Une place, dans la camionnette, était vide. Ils laissèrent derrière eux l'équipe des recherches et croisèrent, sur le chemin du retour, le camion des plongeurs de la Sûreté du Québec. Heureusement, Isabelle, qui avait le visage contre la poitrine de Jean-Sam, ne le vit pas.

Cette journée fut la plus triste et la plus noire que le centre ait jamais connue. C'est Maryse qui eut la lourde tâche d'aller voir Annie pour lui annoncer la nouvelle. Après avoir rapidement salué les parents de la famille d'accueil, elle entraîna l'adolescente à l'écart pour lui dire l'atroce vérité. Sur le coup, Annie ne réagit presque pas, comme si son cerveau refusait d'enregistrer ce que Maryse lui racontait. Ensuite, elle s'écroula littéralement. La douleur qu'elle ressentit fut la plus grande de sa jeune existence, au point où elle pensa un instant en perdre la raison. L'éducatrice la ramena au centre d'accueil où elle pouvait compter sur le soutien de ses amis. Annie pleura toute la journée et toute la nuit. Quand elle pleurait son corps semblait avoir un moyen de défense contre la douleur. Mais la peine revenait lui tordre le ventre et lui presser le cœur dès qu'elle cessait de pleurer. Et cette douleur de l'âme l'envahissait avec une force et un poids insoutenables, comme une déchirure qui la traversait de la tête au cœur chaque fois qu'elle réalisait que plus jamais elle ne reverrait Sylvain. Isabelle la consola comme elle put, mais les mots étaient impuissants à calmer leur détresse. Elles se séparèrent très tard, incapables de tolérer l'écho de leur propre peine. Annie versait des larmes en silence pendant qu'Isabelle, les yeux grands ouverts dans le noir, serrait son oreiller comme une bouée de sauvetage.

Trois jours plus tard, la fatidique nouvelle tomba. On avait retrouvé le corps de Sylvain, noyé, à quelques kilomètres des chutes du Diable.

25

Les arbres poussent
vers le soleil

— Tu es poussière et tu retourneras en poussière, dit le curé. Mais tu as été et toujours tu seras dans nos mémoires et dans nos cœurs. Pour la cérémonie, l'église était bondée d'adolescents, ce qui donnait un caractère insolite à cet endroit ordinairement fréquenté par des gens plus âgés. Le prêtre poursuivit :

— Votre douleur est riche, elle est riche de l'amitié que vous aviez pour Sylvain. Aussi, je vous demande de conserver cette amitié dans vos cœurs comme un grand trésor. Et il conclut ainsi :

Sylvain ton âme subsiste dans nos cœurs,
âme parmi les âmes,
tu auras la grâce de rejoindre la solitude
*   du divin,*
et par le vœu de Dieu,
Sylvain l'esprit salvateur
te fera boire à la coupe de la vie éternelle

En entendant ces paroles, Annie se rappela vaguement ce rêve qui l'avait tant bouleversée et elle sentit son cœur s'arrêter. Maryse et Isabelle durent l'accompagner à l'extérieur. À la vue du soleil, elle demanda aux filles qui la soutenaient de la lâcher, leur assurant qu'elle allait mieux. Pour la première fois depuis que Maryse lui avait annoncé le drame qui avait emporté son amoureux, elle sentit qu'elle pouvait respirer sans craindre que ce souffle ne se transforme immédiatement en sanglot. Sans comprendre elle-même pourquoi, il lui sembla, en levant les yeux vers le soleil, que l'astre se transformait en lueur d'espoir. Elle qui avait vu le ciel bleu dans les yeux de Sylvain, elle voyait maintenant les yeux de Sylvain dans ce ciel bleu.

— Les arbres poussent vers le soleil, dit-elle.

Sans trop comprendre, Maryse et Isabelle se contentèrent de rester avec elle. Quelques instants plus tard, Isabelle traversa la rue pour aller respirer dans le parc municipal. Elle avait besoin d'être un peu seule et de s'éloigner des autres pour se retrouver dans toutes ces émotions.

Jean-Sam et Souléman vinrent rejoindre Maryse et Annie, et ils furent surpris de les trouver aussi calmes. En cherchant Isabelle du regard, Jean-Sam la vit dans le parc près du lampadaire sous lequel il avait rencontré Justin, quelque six mois auparavant. Ces quelques mois lui apparaissaient avec l'amplitude d'une vie entière. Il regardait ce petit endroit où il avait gelé en plein désespoir. Isabelle était là comme un personnage de son présent qui irait faire une balade dans le décor de son passé.

Tous les autres sortirent bientôt de l'église en marchant lentement derrière le cercueil. On se rendit en procession au crématorium. Le prêtre rendit un dernier hommage à Sylvain et tous dirent un dernier adieu à leur ami.

À la sortie du cimetière, Jean-Sam tenait Isabelle par la main et son père faisait de même avec sa femme. Jean-Sam se souvint de l'accident, ici, au même endroit. Tout lui revenait avec une netteté surprenante. En arrivant à la voiture, la mère de Jean-Sam prit Isabelle par le bras et l'entraîna un peu plus loin. Jean-Sam s'approcha de son père. Il le regarda dans les yeux, un instant, en silence, puis il dit :

— T'sais, j'ai pas envie de te pardonner parce que j'ai rien à te pardonner. C'est pas vrai qu'on est comme on naît ; on vit pour changer. T'as vécu ; t'as changé. Mais là, aujourd'hui, maintenant, je suis content que tu sois mon père et je souhaite juste que tu sois aussi content que je sois ton fils.

— La plus grande joie de ma vie c'est de t'avoir retrouvé, répondit Jean-Pierre Gascon, mon plus grand vœu c'est de ne plus jamais te perdre.

Ils rentrèrent tous les quatre, comme deux couples, comme quatre amis. Tout en jasant au cours du souper, Isabelle découvrait les parents de Jean-Sam et Jean-Sam, aussi, découvrait ses parents. En faisant le tour du domicile familial pour le faire visiter à Isabelle, Jean-Sam comprit que cette maison était redevenue heureuse, mais qu'elle ne serait plus la sienne. Cette maison serait celle de ses parents et lui aurait à fonder son propre foyer. Mais pour cela il avait ce qu'il fallait : l'espoir, la maturité et la volonté. Mais surtout, et par-dessus tout... il avait Isabelle.

Annie marchait dans le pré longeant les berges de la rivière, lentement, sans aller nulle part, les yeux baissés et l'esprit ailleurs. Elle cueillit une marguerite, la fit tourner entre ses doigts. Elle alla s'asseoir près du cours d'eau.

Soudain, elle vit passer dans le ciel un nuage étrange, comme un canot céleste dans lequel prenaient place deux jeunes garçons voguant vers le soleil. À l'avant, se trouvait Jean-Baptiste Legrand, émerveillé de retrouver enfin la lumière du jour et, à l'arrière, celui qui était allé le sortir des griffes du diable et de l'enfer : Sylvain, souriant et heureux lui aussi, qui cessa d'avironner pour envoyer la main à Annie en un dernier adieu.

Annie resta ainsi quelques instants, les yeux levés au ciel, hypnotisée par cette vision. Le canot s'éloigna vers les rayons du soleil pour enfin disparaître dans l'astre du jour. Elle baissa les yeux et laissa son regard se noyer dans le fleuve éternel. Après quelques instants, durant lesquels toute sa vie sembla repasser dans sa tête, elle lança sa fleur dans l'eau et la regarda s'éloigner avec le courant.

Elle se dit que les rivières étaient faites de larmes.

Table des chapitres

ÉCHOS
une collection à plusieurs niveaux

Conçue pour les adolescents, la collection ÉCHOS vous propose plusieurs niveaux de lecture, aux difficultés variables, spécialement adaptés à vos goûts et à vos préoccupations.

La collection ÉCHOS met en évidence tout le talent et le dynamisme des écrivains de chez nous. Elle propose plusieurs genres et plusieurs formes afin que chaque lecteur puisse y trouver de quoi satisfaire ses préférences : romans, contes, nouvelles, science-fiction, aventures, histoires, humour, horreur, mystère... au choix de chacun !

Reflet de notre époque, la collection ÉCHOS espère servir de trait d'union entre les différentes générations.

COLLECTION ÉCHOS

ACHEVÉ   D'IMPRIMER
EN   OCTOBRE   1996
SUR   LES   PRESSES   DE
PAYETTE & SIMMS INC.
À SAINT-LAMBERT (Québec)